W0241869

Die ›Orientalische Bibliothek‹ vereinigt
literarische, historische und philosophische Texte
der Völker Asiens und Nordafrikas
von den Anfängen bis zur Gegenwart.
Mit Lesetexten wie auch mit wissenschaftlich
kommentierten Ausgaben will die Sammlung
zum Verständnis der nationalen Eigenarten
der orientalischen Kulturen
und ihrer übernationalen Bedeutung
beitragen.

Nagib Machfus

Der Dieb und die Hunde

Roman

Aus dem
Arabischen von
Doris Erpenbeck

Verlag C. H. Beck
München

Mit einer Nachbemerkung
von Doris Erpenbeck

An der Herausgabe der ›Orientalischen Bibliothek‹
sind beteiligt: Verlag C. H. Beck, München,
Verlagsgruppe Kiepenheuer, Leipzig und Weimar,
Verlag Volk und Welt, Berlin

ISBN 3 406 31025 7
Ausgabe für die Bundesrepublik Deutschland,
Berlin-West, Österreich, Schweiz:
Verlag C. H. Beck, München 1986
Nachdruck 1988
Arabischer Originaltitel: *al-liss wa al-kilab,*
erschienen bei Maktabat Misr, Kairo 1961;
Copyright © 1961 by Nagib Machfus
© Verlag Volk und Welt, Berlin 1980
(deutschsprachige Ausgabe)
Satz: Offizin Andersen Nexö,
Graphischer Großbetrieb, Leipzig
Druck und Bindung: Kösel, Kempten
Schrift: Timeless-Antiqua
Gestaltung: Dietmar Kunz

1

Wieder und wieder zog er tief den Geruch von Freiheit ein, wenn auch die Luft voller Staub und unerträglicher Hitze war.

Außer seinem blauen Anzug und den Tennisschuhen wartete nichts auf ihn. Das schwere Gefängnistor verschloß alle beklagenswerten Geheimnisse, die Welt begann von neuem.

Sonnenträge Gassen, rasende Autos, hastende und wartende Menschen, Häuser, Geschäfte. Nirgendwo auch nur der Hauch von einem Lächeln. Nur er allein hatte alles verloren, vom kostbaren Leben waren vier Jahre dahin, weil er verraten worden war. Aber schon bald würde er als Ankläger vor ihnen stehen.

Denn nun war die Zeit der Abrechnung gekommen. Wie eine lodernde Flamme würde er sie vernichten. Todesangst sollte sie in Verzweiflung stürzen und sie den Treuebruch verfluchen lassen.

Nabawija Alisch. Wieso werden die zwei Namen zu einem? Ihr hattet eure Rechnung gemacht und nicht daran gedacht, daß sich das Gefängnistor jemals wieder öffnen würde. Aber so vorsichtig ihr auch seid, ich werde euch nicht in die Falle gehen, sondern wie das allmächtige Schicksal über euch hereinbrechen.

Und Sina? Was wäre, wenn man ihr reines Gemüt mit Gift und Haß verseucht hatte? Sehnsucht nach ihr stieg in ihm auf wie die nach einem erfrischenden Regenguß. Was wird die Kleine noch von ihrem Vater wissen? Nichts, alles läuft davon, wie die Straße, die hastenden Menschen.

Vier Jahre lang hatte er immer wieder an sie gedacht, aber je älter sie wurde, desto undeutlicher wurde ihr Bild. Würden sie beide ein Heim haben, in dem sie voller Liebe zusammen leben konnten, wo er die Freude des Siegers auskosten würde und die Erinnerung an den Verrat dahinschwände?

Mit aller List mußt du vorgehen, damit die Strafe so hart wird, wie deine Geduld lang war, als du hinter den Mauern gesessen hast. Ich werde euch heimsuchen, untertauchend wie der Fisch im Wasser, herabstürzend wie der Habicht, mauernerklimmend wie die Ratte und Türen durchdringend wie die Geschoßkugel!

Was meinst du wohl, auf welche Weise es dich treffen wird? Wie werden wir uns begegnen? Hast du, Alisch, vergessen, daß du in den Kneipen herumgeschlichen bist wie ein Hund? Habe ich dir nicht erst beigebracht, wie man auf zwei Beinen steht? Wer hat denn aus dem ehemaligen Kippensammler einen Mann gemacht? Nicht nur du, Alisch, hast alles vergessen. Sie auch. Diese Frau, heimisch geworden im stinkenden Morast, dessen Name Verrat ist. Außer deinem Gesicht, meine Sina, gibt es in all diesem Dreck nichts Schönes. Schon bald werde ich dich sehen und die Freude voll auskosten.

Da war die Straße mit den dunklen Bögen, die Gasse der nichtssagenden Zerstreuungen, Glanz vorspiegelnd, ohne wirklich zu glänzen. Wie ich das alles hasse!

Die Bars waren schon geschlossen, es gab nichts mehr außer ränkeschmiedenden Huren. Wie in Schnappfallen blieben die Füße in den tiefen Löchern des Gehwegs hängen. Das Rattern der Straßenbahnräder klang wie Spott, Rufe stiegen auf, es war, als kämen sie aus den verrotteten Gemüseresten, die überall verstreut waren.

Wie ich das hasse! Die Häuser scheinen verlokkend leer zu sein, finstere, riesige Wände. War dies nicht die seltsame Gasse der Geldwechsler? Dumpfe Erinnerung daran, daß hier der Dieb bestohlen worden war.

Im Nu überkam ihn alles wieder – schändlicher Verrat! Genau in dieser Gasse war es doch, wo sie begonnen hatten, ihn zu erdrücken wie Schlangen das unachtsame Opfer. Und genau ein Jahr zuvor war sie aus ebendieser Gasse gekommen, in der einen Hand das Mehl für den Festkuchen, in der anderen Sina. Sie hatte sie getragen wie ein Bündel. Was waren das doch für wunderbare Tage gewesen, voller Aufrichtigkeit und Offenheit. Das neue Gefühl der Vaterschaft, das Fest, die Liebe – unvergeßliche Eindrücke ...

Da waren die hoch aufragenden Moscheen, die Spitze der Qal'a hob sich vom klaren Himmel ab, die Straße mündete auf den Platz. Das Grün der Gärten leuchtete unter den sengenden Strahlen, und trotz der Sommerhitze stieg ein frischer Duft auf. Da war der Qal'a-Platz mit all seinen schmerzlich brennenden Erinnerungen. Ausgebreitet in der Sonne, sah er aus, als ob er sich wohl fühlte, als wäre er mit kaltem Wasser bedeckt. Alles war so friedfertig und vertraut wie eh und je.

Er überquerte den Platz in Richtung Imam-Straße und näherte sich dem dreistöckigen Haus am Ende der Straße, die sich hier in zwei Gassen teilte. Bei diesem harmlosen Besuch würde er seinen Feind treffen, auf diese Begegnung hatte er sich gründlich vorbereitet. Hier sollte es sein, wo er alles bestens kannte, hier bei den kleinen Läden, aus denen wie ängstliche Mäuse Gesichter hervorlugten.

Da hörte er hinter sich rufen: »Said Muhran, tausendfach gesegneter Tag!«

Er blieb stehen und wartete auf den Mann. Sie schüttelten sich die Hände, die freudige Erregung mit einem schwachen Lächeln verdeckend. Es blieb abzuwarten, was hinter dieser freundlichen Begrüßung steckte, vielleicht hatte der Schurke Helfer gefunden, und er, Alisch, schaute ihnen nun durch die Gardine zu, furchtsam und neugierig wie ein Weib.

»Ich danke dir, Meister Bajaza.«

Aus den Läden traten viele Leute und umringten ihn. Eine Woge von Glückwünschen und Grußworten wallte auf, im Nu war er von allen Seiten eingeschlossen. Ganz sicher waren sie alle Freunde seines Widersachers.

Die Stimmen wetteiferten: »Allah sei Lob und Dank, daß du gesund bist!«

»Welcher Segen für die Freunde und Lieben!«

»Aus ganzem Herzen hatten wir uns gewünscht, daß du am Tag der Revolution entlassen wirst!«

Mit seinen honigbraunen, mandelförmigen Augen musterte Said sie eindringlich und sagte schließlich: »Ich danke Allah und euch allen.«

Bajaza legte ihm die Hand auf die Schulter und bat ihn: »Komm herein, laß uns etwas trinken.«

Ruhig antwortete er: »Nachher, wenn ich zurückkomme.«

»Wenn du zurückkommst?«

Einer der Männer schrie zum zweiten Stock des Hauses hinauf: »Meister Alisch, he! Meister Alisch, komm runter und begrüße Said Muhran!«

Nicht nötig, ihn zu warnen, ihr Mistkäfer. Ich komme doch am hellen Tag und weiß, daß ihr schon auf der Lauer gelegen habt.

Bajaza fragte nochmals: »Wann willst du zurückkommen?«

»Wenn ich die Rechnung beglichen habe.«

Verstört fragte er: »Mit wem?«

»Habt ihr denn wirklich vergessen, daß ich Vater bin, daß meine Tochter bei Alisch ist?«

»Naja doch, aber jeder Streit läßt sich durch das Gesetz regeln.«

Ein anderer fügte hinzu: »Wenn man sich untereinander einigt, ist es besser.«

Und ein dritter sagte versöhnlich: »Said, du kommst aus dem Gefängnis. Der Klügere ist der, der einen Rat annimmt.«

»Wer hat denn gesagt, daß ich mich nicht aussöhnen will?«

Im zweiten Stock wurde das Fenster geöffnet, und Alisch zeigte sich. Erwartungsvoll schauten alle hinauf. Aber bevor noch ein einziges Wort fiel, trat aus dem Haus ein großer, breitschultriger Mann in einem gestreiften Gewand und mit den Schuhen eines Beamten. Said erkannte den Spitzel Hasballah. Verwirrt sagte er: »Kein Grund zur Beunruhigung, ich bin gekommen, um mich auszusöhnen.«

Der Spitzel trat rasch an ihn heran und tastete argwöhnisch seine Brust- und Hüfttaschen ab. All das ging ihm flink und geschickt von der Hand und verriet seine Erfahrung in solchen Dingen.

»Halt den Mund, du Sohn eines Fuchses. Was willst du hier?«

»Ich will mich über die Zukunft meiner Tochter verständigen.«

»Du und verständigen?«

»Ja, mir geht es nur um meine Tochter.«

»Dann geh doch zum Gericht!«

»Dahin werde ich mich nur in allerhöchster Not wenden.«

Alisch rief von oben: »Laß ihn doch herauf! Kommt alle mit!«

Sammle nur alle um dich, du Feigling, denn ich bin gekommen, die Festung, in der du dich verschanzt, auszukundschaften. Wenn deine Zeit gekommen ist, werden dich weder Spitzel noch Mauern schützen …

Sie traten alle in das Empfangszimmer und verteilten sich auf Sofa und Sessel. Die Fenster wurden geöffnet, Licht und Fliegen kamen herein. Die Zimmerdecke war schwarzbefleckt, als trüge sie die Spuren eines Brandes. Aus einem großen Bild, mit beiden Händen auf einen dicken Stock gestützt, blickte Alisch von der Wand herab.

Der Spitzel saß neben Said und spielte mit den Perlen eines Gebetskranzes. In einem silbernen Gewand, das über dem faßartigen Leib offenstand, trat Alisch ein. Er hob das runde Gesicht, man sah das fette Fleisch unter dem viereckigen Kinn und die dicke, verknorpelte Nase. Gelassenheit demonstrierend, schüttelte er Said die Hände: »Allah sei Dank für dein Wohlergehen.«

Die eintretende Stille verschärfte spürbar die Spannung, alle sahen sich beunruhigt um. Als wollte er einen neuen Anfang aufschlagen, sagte Alisch: »Was vorbei ist, ist vorbei. Jeden Tag geschieht so etwas, schreckliche Dinge, an denen Freundschaften zerbrechen. Aber nichts entehrt den Mann außer wirklicher Schande.«

Said beobachtete genau. Mit seinen glänzenden Augen und dem schlanken, kräftigen Körper sah er wie ein Tiger aus, der einem Elefanten auflauert. Er blieb ruhig, wiederholte lediglich: »Nichts entehrt den Mann außer wirklicher Schande.«

Als ihn alle anblickten und der Spitzel die Perlen des Gebetskranzes ruhen ließ, ahnte er, was in den Köpfen vor sich ging. »Ja«, fügte er hinzu,

»ich bin völlig einverstanden mit dem, was du da sagst.«

Ärgerlich stieß der Spitzel hervor: »Komm zum Thema und versuch nicht, uns einzuwickeln.«

Spöttelnd fragte Said: »Wo soll ich denn da beginnen?«

»Beim einzig möglichen Anfang, und das ist deine Tochter.«

Und meine Frau? Und mein Geld, ihr räudigen Hunde? Unglück über Unglück! Ich will, daß du mich anschaust, damit ich von nun an den Mistkäfer, den Skorpion und den Wurm achte und verehre. Zum Teufel mit dem, der sich von Weibergesang bezirzen läßt!

Er antwortete nicht, nickte aber bejahend. Einer dieser Schmierlappen sagte besänftigend: »Deine Tochter lebt doch hier in Frieden und Glück, sie ist bei ihrer Mutter. Vom Gesetz her bleibt ein sechsjähriges Mädchen bei der Mutter. Wenn du willst, kommt sie dich jede Woche besuchen.«

Mit kräftiger Stimme, laut genug, um auch draußen gehört zu werden, antwortete Said: »Den Umständen nach gehört sie auf jeden Fall zu mir.«

Alisch fuhr ihn grob an: »Was hast du also vor?«

Aber der Spitzel kam jeder Antwort zuvor: »Von all dem Gerede bekommt man nur Kopfschmerzen.«

Alisch ließ nicht locker: »Ich hab doch kein Verbrechen begangen. Das Schicksal wollte es eben so, und außerdem war es meine Pflicht. Ich bin nur der Pflicht des Mannes nachgekommen, auch der Kleinen zuliebe.«

Pflicht des Mannes, du Sohn einer Natter! Zweifacher Verrat und Treulosigkeit! Den Hammer, das Beil oder einen Strick verdienst du ...

Aber wie mag Sina jetzt aussehen? Er zwang sich, ruhig zu erscheinen: »Ich habe sie nicht unversorgt zurückgelassen. Sie hatte mein ganzes Geld zur Verfügung, eine beträchtliche Summe.«

»Aha«, rief der Spitzel fast freudig, »da meinst du wohl das, was du gestohlen, dann aber vor Gericht abgestritten hast!«

»Na und? Bloß wo ist es jetzt?«

»Keinen Millim haben wir gesehen!« schrie Alisch. »Glaubt mir, Männer. Keinem wäre es leichtgefallen, sich so zu sorgen, weder Freund noch Feind. Wirklich, ich bin nur meiner Pflicht nachgekommen.«

Scharf fuhr Said ihn an: »Na, dann sag mir mal, wieso du so üppig leben und den anderen etwas spendieren kannst?«

Wütend wehrte sich Alisch: »Glaubst du, du bist der Herrgott und kannst mit mir abrechnen?«

Einer der Schmierlappen wollte beschwichtigen: »Laß doch, Said. An so etwas hat nur der Teufel seine Freude.«

Der Spitzel winkte ab. »Ich kenne dich und kann am besten deine Gedanken lesen. Du wirst dich selber zugrunde richten. Bleib lieber beim Thema Tochter, das ist besser für dich.«

Lächelnd bezeigte Said Ergebenheit und senkte

die Augen. »Recht haben Sie, verehrter Herr Beamter.«

»Wie gesagt, ich kenne dich. Nur aus Achtung vor diesen Männern helfe ich dir mit meinem Rat. Bringt das Mädchen her, denn ist es nicht das beste, wenn wir zuallererst ihre Meinung hören?«

»Wie bitte, verehrter Herr Beamter?«

»Said, ich weiß doch genau, daß du das Mädchen gar nicht willst. Du kannst ihr doch gar kein Zuhause bieten, nicht einmal für dich wirst du so ohne weiteres etwas finden. Aber es ist gerecht und barmherzig, wenn du sie siehst. Bringt das Mädchen.«

Bringt vor allem die Mutter, ich will ihre Augen sehen, damit eines der Höllengeheimnisse sichtbar wird. Beil und Hammer!

Alisch ging das Mädchen holen. Als Said ihre Schritte vernahm, spürte er das schmerzhafte Klopfen seines Herzens. Er starrte auf die Tür, biß sich auf die Lippen. Sehnsüchtige Neugier und übermächtige Zärtlichkeit verdrängten das kalte Wutgefühl. Endlich, nach tausend Stunden Warten, kam das Mädchen. Mit verschreckten Augen, in einem eleganten weißen Kleid und in weißen Pantoffeln, aus denen die lackierten Zehennägel hervorlugten. Ihr Gesicht war braun, das lange schwarze Haar umrahmte die Stirn. Alles an ihr nahm ihn gefangen. Befremdet schaute sie die vielen Gesichter an. Ihm gegenüber aber bekundete sie, weil er sie so anstarrte und weil sie ihm entgegengeschoben wurde, fast verächtliche Zurückhaltung. Es schien, als wollte sie sich mit den Füßen im Teppich festkrallen, während ihr ganzer Körper weit nach hinten gebeugt war.

Seine Augen ließen sie nicht los, obwohl er in seinem Innersten schon alles wußte. Er fühlte, er hatte sie verloren. Es war, als wäre sie nicht seine Tochter, trotz der mandelförmigen Augen, des langen Gesichts und der schmalen, leicht gebogenen Nase. Der »Ruf des Blutes«, die »Seele«, was sollte das alles? Hatte er denn betrogen und verraten? Was aber gab ihm die Kraft, seinem Wunsch zu widerstehen, sie in die Arme zu schließen und bis zum Selbstvergessen an sich zu drücken?

Brummig, fast gleichgültig sagte der Spitzel: »Dein Vater, meine kleine Kluge.«

Unbewegten Gesichts forderte Alisch sie auf: »Begrüße deinen Papa.«

Wie ein Mäuschen war sie, voller Angst. Wußte sie denn nicht, wie sehr er sie liebte? Er streckte ihr die Hand entgegen, aber anstatt etwas zu sagen, konnte er nur würgen und schlucken. Er lächelte leicht, es sollte zärtlich und gewinnend sein.

»Nein«, sagte da Sina und versuchte zurückzuweichen. Aber da stand jemand. Sie erschrak und rief: »Mama, Mama!«

Der Mann hinter ihr schob sie ein wenig vor und sagte: »Begrüße deinen Papa.«

Mit Interesse und Schadenfreude zugleich sahen die anderen zu. Said begann zu ahnen, daß die Gefängniszeit nicht das Härteste in seinem

Leben gewesen war. Freundlich bittend sagte er: »Komm doch her, Sina.«

Er hielt es nicht länger aus, stand auf und beugte sich vor, sie aber rief noch lauter: »Nein, nein!«

»Aber ich bin dein Papa!«

Bestürzt und betroffen sah sie Alisch an. Noch einmal, nun aber mit beharrender, fester Stimme wiederholte er: »Ich bin dein Papa, ich! Komm her.«

Sie weigerte sich, wich noch weiter zurück. Als er sie mit sanfter Gewalt zu sich heranzog, schrie sie auf. Er hielt sie im Arm, aber weinend versuchte sie sich der Umklammerung zu entziehen. Obwohl er wußte, wie sinnlos das alles war, versuchte er, ihren Mund oder ihre Wange zu küssen. Seine Lippen trafen nur ihren Arm, den sie heftig, fast hektisch bewegte.

»Ich bin dein Papa, hab doch keine Angst. Ich bin dein Papa!«

Der Duft ihres Haares erinnerte ihn an ihre Mutter, seine Züge verkrampften sich. Als die Kleine sich noch heftiger wehrte, noch lauter weinte, sagte der Spitzel: »Nun mal langsam. Das Kind kennt dich doch gar nicht.«

Verzweifelt ließ er sie los, setzte sich wieder hin und sagte voller Zorn: »Ich werde sie mitnehmen.« Alle schwiegen. Bajaza räusperte sich: »Nun beruhige dich doch erst mal.«

Aber nochmals sagte er hartnäckig: »Da gibt es nichts – sie kommt zu mir zurück!«

Scharf entgegnete ihm der Spitzel: »Das mußt du dem Urteil des Richters überlassen.« Von Alisch Bestätigung erwartend, fügte er hinzu: »Nicht wahr?«

Alisch antwortete: »Die Sache geht mich ja nichts an. Aber ihre Mutter wird sich von ihr nur trennen, wenn ein gerichtlicher Beschluß vorliegt.«

»Na eben!« fügte der Spitzel hinzu. »Es ist, wie ich sagte. Es gibt nur eines und nichts anderes: das Gericht.«

Wenn er es jetzt nicht fertigbrächte, seine aufgestaute Wut zu beherrschen, würde er wie wahnsinnig lostoben. Said wußte das. Mit aller Kraft versuchte er, ruhig zu erscheinen, bemüht, sich diese Szene einzuprägen, um sie nie wieder zu vergessen.

»Ja natürlich, das Gericht.«

»Und eines siehst du ja«, hielt Bajaza ihm entgegen. »Das Mädchen hat alles, lebt in Frieden und ist bestens aufgehoben.«

Der Spitzel konnte einen ironischen Unterton nicht unterdrücken: »Kümmere dich erst mal darum, etwas zu finden, wovon du leben kannst.«

Er überhörte die Anspielung, beherrschte sich und sagte: »Das ist alles richtig. Ich habe keinerlei Grund, traurig oder verzweifelt zu sein. Vielleicht ist es am besten, wenn ich alles noch einmal überdenke. Zweifellos ist es besser, die Vergangenheit zu vergessen und mir statt dessen eine ordentliche

Arbeit zu suchen, damit ich der Kleinen dann ein ordentliches Zuhause geben kann.«

Alle schwiegen verwirrt. Einige wechselten skeptische, andere durchaus überzeugte Blicke.

Der Spitzel rollte den Gebetskranz zusammen und fragte: »Sind wir fertig?«

Said antwortete: »Ja, aber ich möchte noch gerne meine Bücher.«

»Deine Bücher?«

»Die meisten sind weg, Sina hatte damit gespielt. Ich bringe dir den Rest«, sagte Alisch. Er ging für einen Augenblick hinaus, kehrte mit einem kleineren Stapel zurück und legte ihn mitten im Zimmer auf den Boden.

Said stand auf, nahm eins nach dem anderen in die Hand und sagte traurig: »Die meisten fehlen wirklich.«

Der Spitzel lachte: »Wie kommst du denn zu diesem ganzen Wissen?« Er stand auf und gab damit das Zeichen zum Aufbruch. »Hast du auch noch Bücher gestohlen?« Alle lachten. Said aber blieb ernst, nahm die Bücher und ging.

2

Schon von weitem sah er die Tür, die wie immer offenstand. So weit er zurückdenken konnte, war das so gewesen. Langsam durch die Bergstraße bummelnd, kam er näher und näher. Hier im Darasa-Viertel, das von den Ausläufern der Moqattam-Bergkette eingeschlossen wurde, verband sich alles mit Erinnerungen. Die vielen Kinder, der Sand, die Tiere ... Müdigkeit und Erregung nahmen ihm den Atem. Er blieb einen Moment stehen und sah wehmütig den spielenden Mädchen zu.

Träge im Schatten des Berges ausgestreckt, suchten viele Schutz vor der schrägstehenden Sonne.

Auf der Schwelle der geöffneten Tür versuchte er sich zu erinnern, wann er hier zum letztenmal gestanden hatte. Es war ein schlichtes Haus, so einfach, daß es aus Adams Zeiten hätte stammen können. Da war der große offene Hof und in dessen linker Ecke eine hohe, in der Spitze leicht gebogene Palme. Rechts im Hausflur stand die Tür zu dem einzigen Raum offen. In diesem seltsamen Haus gab es keine verschlossene Tür.

Sein Herz schlug, die Erinnerung an eine ferne, freundliche Zeit überkam ihn. Kindheit voller Träume, mit einem zärtlichen Vater und Gefühlen himmlischer Verzückung. Männer hatten damals diesen Hof gefüllt, die sich beim Gesang religiöser

Hymnen rhythmisch bewegten; Gott hatte sich im Innersten ihrer Seelen niedergelassen.

»Blicke um dich, höre auf alles, lerne und öffne dein Herz«, hatte sein Vater immer gesagt. Wie sehr hatte er sich damals an Träumen, am Glauben, aber auch am Gesang und dem grünen Tee erfreuen können. Das glich schon Besessenheit.

Wie mag es dir, Scheich Ali al-Djunaidi, Herr der Lebenden, wohl ergehen? Aus dem Innern des Zimmers drang eine Stimme an sein Ohr, die letzten Worte eines Gebets. Said lächelte und trat mit seinen Büchern unter dem Arm ein.

Der Scheich, selbstvergessen vor sich hinmurmelnd, saß mit gekreuzten Beinen auf dem Gebetsteppich. Es war noch genau das gleiche Zimmer und kaum verändert. Nur die Matten waren wohl als Dankeszeichen seiner Jünger erneuert worden. An der rechten Wand stand noch immer das harte, grobe Bett. Durch ein winziges Fenster drangen die Strahlen der Sonne ein und fielen auf seine Füße. An den anderen Wänden standen halbhohe Regale voller Buchbände. Schwer lag der Geruch von Weihrauch im Raum, als wäre hier seit mindestens zehn Jahren nicht gelüftet worden. Said legte sein Gepäck nieder und trat näher.

»Friede sei mit Ihnen, mein Herr und Gebieter.«

Der Scheich beendete murmelnd einen Satz und hob den Kopf. Sein Gesicht war schmal und ausgemergelt, aber voller Leben. Der weiße Bart umschloß es wie ein Heiligenschein. Auf dem

Kopf trug er eine weiße Baumwollkappe, die tief in das silbernschimmernde Haar gedrückt war. Er sah ihn an. Sein Blick war der eines Achtzigjährigen, der das Jenseits schon sieht. Der Glanz seiner Augen aber hatte noch nichts von seiner Anziehungskraft, seiner Eindringlichkeit, seinem Zauber eingebüßt. Said konnte nicht anders, er stürzte auf ihn zu und küßte seine Hand. Zu sehr war hier alles mit Erinnerungen verbunden, die seinen Vater, all seine Hoffnungen und Träume aus weit zurückliegender Zeit heraufbeschworen.

»Und mit dir sei Friede und die Barmherzigkeit Allahs.«

Die Stimme aus alten Zeiten! Hörst du jetzt nicht auch den Vater? Said sah ihn vor sich, sah, wie er beim Sprechen die Lippen bewegte. Aber da war die Stimme schon wieder verstummt.

Wo aber waren die Schüler, wo die Freunde der nächtlichen Gebetsübungen?

Er setzte sich gleichfalls mit gekreuzten Beinen auf die Matte und sagte: »Ich setze mich gleich, ohne erst um Ihre Erlaubnis zu bitten, denn ich weiß noch, daß Sie es so lieber haben.«

Er spürte, daß der Scheich insgeheim lächelte, obwohl seine farblosen Lippen sich nicht bewegten. Wie gut du dich noch an alles erinnerst!

»Entschuldigen Sie bitte, aber ich habe keinen anderen Zufluchtsort auf der Welt als Ihr Haus.«

Der Scheich ließ den Kopf auf die Brust sinken und flüsterte kaum hörbar: »Du meinst die Mauern, aber nicht das Herz.«

Said stand auf. Es schien, als hätte er nicht verstanden. Dann aber antwortete er laut und betont sachlich: »Ich bin heute aus dem Gefängnis entlassen worden.«

Der Scheich schloß die Augen und wiederholte: »Aus dem Gefängnis.«

»Sie haben mich ja länger als zehn Jahre nicht gesehen, und da sind schon allerhand seltsame Dinge geschehen. Aber vielleicht haben Sie davon durch Ihre Jünger gehört, die mich kennen.«

»Da ich so viel höre, höre ich fast gar nichts.«

»Mir kommt es jedenfalls darauf an, Ihnen gegenüber nichts zu vertuschen. Deshalb wollte ich gleich deutlich sagen, daß ich heute aus dem Gefängnis entlassen worden bin.«

Der Alte öffnete die Augen und meinte zweifelnd: »Du bist nicht aus dem Gefängnis gekommen.«

Said lächelte.

Das waren Worte aus jener fernen Zeit, in der jede Formulierung noch einen ganz anderen Sinn trug als den eigentlichen, herkömmlichen und der Uneingeweihten und auch ihm kaum verständlich war.

»Mein Gebieter, jedes Gefängnis ist zu ertragen, nicht aber das der Regierung.« Doch vielleicht war diese Begegnung auch sinnlos. Inständig, fast bettelnd fragte er: »Haben Sie mich denn wiedererkannt?«

Regungslos murmelte der Scheich: »Dir gehört die Stunde, in der du da bist.«

Obwohl er eigentlich nicht mehr daran zweifelte, daß sich der Alte seiner erinnerte, beharrte er: »Wissen Sie noch, daß mein Vater Amm Muhran war? Allah erbarme sich seiner.«

»Allah erbarme sich unser aller.«

»Nichts Schöneres gab es als die damaligen Tage.«

»Sag das auch, so du kannst, über deine jetzige Stunde.«

»Aber ...«

»Allah erbarme sich unser aller.«

»Ich habe doch gesagt, daß ich erst heute aus dem Gefängnis gekommen bin.«

Mit plötzlich hervorbrechender Freude zitierte der Scheich:

»Lächelnd sprach er am Pfahl: Es ist sein Wille, daß es so geschieht.«

Mein Vater hat dich immer verstanden ... Wie oft aber hattest du dich mir entzogen, so daß ich schon glaubte, daß du mich verstoßen hättest. Nun bin ich also zurückgekehrt in die Welt des Weihrauchs und der Unruhe, ohne ein Dach über dem Kopf ...

»Mein Gebieter, ich bin zu Ihnen in der Stunde gekommen, in der mich meine Tochter verleugnet hat.«

Der Scheich seufzte auf: »Er verbirgt sein Geheimnis im kleinsten seiner Geschöpfe.«

»Ich hatte mir gesagt: Wenn Allah ihm ein langes Leben vergönnt hat, werde ich seine Tür geöffnet finden.«

Bedächtig fragte der Scheich: »Und die Tür des Himmels – wie hast du sie gefunden?«

»Aber ich habe ja nicht einmal einen Platz auf der Erde gefunden. Meine Tochter hat mich verleugnet!«

»Niemand ist dir ähnlicher als sie.«

»Wieso, mein Gebieter?«

»Du forderst Unterkunft und keine Antwort.«

Er stützte den Kopf in die Hände. »Wenn mein Vater Sorgen hatte, suchte er Sie auf. Ich aber fand ...«

Der Scheich war durch nichts aus der Ruhe zu bringen.

»Du suchst eine Unterkunft, nichts anderes.«

Das Gefühl, daß der Scheich ihn durch und durch kannte, wurde noch stärker. Ohne daß Said den Grund hätte nennen können, wurde er unruhig. »Ich habe nicht nur kein Heim – es ist viel schlimmer. Ich würde so gern sagen, Allah fände Wohlgefallen an mir.«

Der Scheich antwortete in singendem Tonfall: »Die göttliche Frau sagte: ›Schämst du dich nicht, daß du Wohlgefallen verlangst, wo ich keinen Gefallen finden kann?‹«

Von draußen drang das Geschrei eines Esels herein, es endete mit einem Röcheln, das wie Weinen klang. Eine nicht sehr schöne Stimme sang vom »Glück und vom gütigen Schicksal« und darüber, wo beides geblieben sei. Sein Vater hatte ihn einmal ertappt, als er »Rätsel um Rätsel« gesungen hatte. Er hatte ihm einen Klaps gegeben und streng gefragt: »Ist das etwa ein passendes Lied, das man singen darf, wenn man zum gesegneten Scheich geht?« Während der abendlichen Gebetsübung hatte der Vater zu taumeln begonnen, die Augen verdreht, und seine Stimme war heiser geworden. Said hatte unter der Palme gesessen, eine Frucht geknabbert und der glücklichen Heiterkeit der singenden und tanzenden Betenden im Licht der Laterne zugesehen, erfüllt von einer seltsamen inneren Freude. Damals ahnte er zum erstenmal etwas von dem Glücksgefühl, das einem die Liebe spendet.

Die Augen des Scheichs waren geschlossen wie im Schlaf. Said war an diesen Anblick und an diese Atmosphäre gewöhnt, selbst den Weihrauchgeruch nahm er nicht wahr. Ihn überkam der Gedanke, daß die Gewohnheit die Ursache für Faulheit, Langeweile, ja sogar für den Tod war. Das allein war auch der Grund dafür, daß er Verrat, Verleugnung und das ganze vertane Leben ertragen mußte. Um den Scheich wieder ins Gespräch zu ziehen, fragte er: »Gibt es hier noch immer die Gebetsübungen?« Die Antwort blieb aus. Er wurde unruhig und fragte weiter: »Bin ich Ihnen denn nicht willkommen?«

Der Scheich öffnete ein wenig die Augen. »Schwach sind beide, der Suchende und der Gesuchte.«

»Aber Sie sind der Hausherr!«

»Natürlich heißt dich der Hausherr willkommen, dich wie jedes andere Geschöpf und Ding.«

Said lächelte ermutigt, aber der Scheich fuhr fort: »Nur bin ich der Herr von nichts.«

Der Sonnenstrahl war von der Matte zur Wand gewandert.

»Auf jeden Fall«, sagte Said, »ist dieses Haus also auch mein Haus, so wie es das Haus meines Vaters und jedes Obdachlosen war. Und dafür, mein Gebieter, gehört Ihnen mein ganzer Dank.«

»Bei Allah, du weißt, daß ich durch nichts deinen Dank verdient habe. Bedanke dich bei dir selbst, anstatt bei mir. So hat er zu den Dankenden gesprochen.«

Said bat: »Ich habe ein gutes, freundliches Wort nötig.«

Auf der Schwelle zum Traum schon sagte der Scheich: »Lüge nicht.«

Sein Kopf sank herab, der Bart bedeckte die Brust. So in sich versunken, wirkte er völlig abwesend. Said wartete geduldig eine Weile, dann setzte er sich weiter zurück und lehnte sich mit dem Rücken bequemer an die Bücherregale. In aller Ruhe betrachtete er den schönen alten Mann. Als es ihm zu lange dauerte, schreckte er ihn erneut auf: »Kann ich etwas für Sie tun?«

Aber der Scheich beachtete ihn nicht. Wieder war es still. Saids Augen verfolgten eine Ameisenkolonne, die die Matratzenfalten entlangmarschierte.

Dann aber forderte der Scheich ihn plötzlich auf: »Nimm das heilige Buch und lies!«

Said war verwirrt und stammelte entschuldigend: »Ich komme doch gerade aus dem Gefängnis und bin nicht auf das Gebet vorbereitet.«

»Dann bereite dich vor und lies.«

Doch er konnte nur wieder klagen: »Meine Tochter hat mich verleugnet, sie ist vor mir zurückgeschreckt wie vor dem Teufel. Und zuvor schon hat mich ihre Mutter verraten.«

Aber der Scheich wiederholte nur: »Bereite dich vor und lies.«

»Sie hat mich mit einem widerlichen Kerl betrogen, der einmal zu meinen Freunden gehörte. Er war mein Schüler, der mir wie ein Hund gehorchte. Sie verlangte die Scheidung, weil ich ins Gefängnis gekommen war, und heiratete ihn.«

»Bereite dich vor und lies.«

Aber hartnäckig fuhr Said fort: »Und mein Vermögen, das Geld, der Schmuck! Alles hat er genommen und ist dadurch ein feiner Herr geworden. All die Feiglinge in der Straße sind seine Kumpane!«

»Bereite dich vor und lies.«

Seine Stirnadern waren geschwollen, finster starrte er vor sich hin: »Nie hätte mich die Polizei gefunden, ich war mir wie immer völlig sicher, daß ich davonkommen würde. Dieser Hund hat mich verraten, und sie, meine Frau, war damit einverstanden. Dann kam ein Unglück nach dem anderen, bis mich schließlich meine Tochter verleugnete.«

Mit deutlichem Tadel in der Stimme sagte der Scheich: »Bereite dich vor und lies. Sage: Wenn ihr Allah liebt und mir folgt, so wird euch Allah lieben. Lies: Ich habe dich für mich geschaffen. Wiederhole das Wort, das er sagte: Die Liebe ist Einverständnis, daß heißt Gehorsam in dem, was er gebietet. Das heißt, ablassen von dem, was er tadelt, und Wohlgefallen finden an dem, was er beschließt und bestimmt.«

Hätte mein Vater das nur hören können, er hätte vor Entzücken den Kopf gewiegt. Er hätte mich lächelnd angesehen und gesagt: »Höre und lerne.« Aber ich, Said, hätte mir nur gewünscht, einen Moment unbeobachtet zu sein, um auf die Palme zu klettern oder auch um einen Ziegelstein zu nehmen und Datteln damit herunterzuholen. Heimlich hätte ich mit den Betenden mitgesungen.

Damals, als ich ins Studentenheim in Gizeh zurückging, habe ich sie zum erstenmal gesehen. Sie trug einen Korb und war wunderschön. Alles, was ich von ihrer Figur erkennen konnte, verhieß mir paradiesisches Glück und höllische Pein zugleich.

Was gefiel mir damals eigentlich so an dem Gesang dieser gebetsartigen Hymnen?

Göttliche Erleuchtung breitete sich aus. Ich sah den Neumond mit seinem vertrauten Gesicht. Aber noch war die Sonne nicht ganz untergegangen. Der letzte goldene Strahl zog sich langsam vom Fenster zurück. Vor mir lag eine lange Nacht, die erste Nacht der Freiheit. Allein mit der Freiheit und dem Scheich, der in göttlichen Gefilden weilte und so weise Worte gesprochen hatte,

Worte, die aber nicht den erreichen, der sich ins Feuer stürzt …

Aber hatte er denn einen anderen Zufluchtsort als diesen hier?

3

Flüchtig blätterte er die Seiten der Zeitung »az-Zuhra« durch, als sein Blick plötzlich an einer Rubrik haftenblieb, die mit »Raouf Alwan« unterzeichnet war. Aufgeregt begann er zu lesen.

Noch immer hielt er sich im Haus des Scheichs Ali al-Djunaidi auf, wo er auch die Nacht verbracht hatte.

Wie kam Raouf Alwan auf solche Themen? Bemerkungen über die Frauenmode und über Lautsprechanlagen, Ratschläge für eine anonyme Ehefrau, alles spritzig und geistreich. Aber was hatte das mit Raouf Alwan zu tun? Er erinnerte sich an das Studentenheim, an diese herrlich aufregende Zeit. Was war das für eine Begeisterung! Am deutlichsten hatte sie sich für ihn in einem Studenten verkörpert, der gerade vom Lande gekommen war, armselig und verschlissen, der aber große und edle Pläne entwickelt und von Wahrheitsliebe besessene Artikel geschrieben hatte.

Siehst du, das ist aus der Welt geworden. Was ist von all den Wundern und Geheimnissen übriggeblieben? Gibt es heute noch solche Abenteuer wie die damals in der Geldwechsler-Gasse? Jetzt geschahen nur noch Dinge wie die mit Nabawija, Alisch und der Tochter, die ihren Vater verleugnete.

Ich muß ihn treffen. Der Scheich hat mir das Bett auf einer der Matten zurechtgemacht. Aber ich brauche Geld. Ich muß von neuem beginnen, mein lieber Raouf Alwan. Du bist nicht weniger bedeutend als der Scheich Ali und verfügst über gewaltigere Dinge dieses Lebens, das mir keine Sicherheit gibt.

Vor dem Zeitungsgebäude am Ma'arif-Platz blieb er stehen. Der Anblick war gewaltig, ein protziges Gebäude. Ihn dort zu finden würde nicht gerade leicht sein. Autoschlangen schienen es wie respektgebietende Mauern zu bewachen. Das leise Surren der Druckereimaschinen drang aus den vergitterten Kellergewölben, es klang wie Geschnarche aus Schiffskajüten. Er schloß sich dem Strom der Besucher an und fragte am Informationsschalter in arrogantem Ton: »Herr Raouf Alwan?«

Dem Beamten gefiel offensichtlich dieses barsche, dreiste Auftreten nicht sonderlich. Unwillig kam die Antwort: »Vierter Stock.«

Er ging zum Fahrstuhl und stellte sich zu den Wartenden, zwischen denen er in seinem blauen Anzug und den Tennisschuhen fremd wirkte. Sein scharfer, hochmütiger Blick verstärkte diesen Eindruck noch. In der Reihe stand auch ein junges Mädchen, und wieder überfiel ihn der Gedanke an Nabawija und Alisch, denen er erneut Rache und Unheil schwor.

In der vierten Etage eilte er sofort auf die Sekretariatstür zu, bevor der Etagendiener protestieren konnte. Das Sekretariat war ein großer, langgestreckter Raum, der zur Straße hin völlig verglast war. Der Sekretär informierte gerade jemanden am Telefon, daß Raouf Alwan beim Chefredakteur sei und vor zwei Stunden nicht zurückkehren würde. Said blieb stehen und wartete. Eine Sitzgelegenheit war nicht da. Er fühlte, wie fremd er hier war. Eingehend musterte er die Gesichter draußen, als wollte er ihnen allen entgegentreten, sie bekämpfen. Wenn er sich früher diese Typen angesehen hatte, dann war da nur der Wunsch gewesen, sie umzubringen. Waren diese Leute jetzt anders geworden?

Auf jeden Fall würde er mit Raouf nicht hier sprechen, das war nicht der geeignete Ort für die erste Wiederbegegnung alter Freunde. Wie es schien, war Raouf ein mächtiger Mann geworden, beeindruckend wie dieses Zimmer.

Damals war er ein kleiner, einfacher Redakteur in der Zeitung »an-Nadhir« gewesen, und obwohl die Redaktion in einer abgelegenen Ecke der Mohammed-Ali-Straße lag, war doch ihr Ruf nach Freiheit unüberhörbar gewesen. Siehst du, Raouf, was jetzt daraus geworden ist?

Ob er sich so verändert hat wie du, Nabawija? Wird er mich verleugnen, so wie du, Sina, es getan hast?

Er unterdrückte diesen bösen Gedanken. Er war doch sein Freund, sein Lehrer, das Schwert im Kampf für die Freiheit. Trotz der einschüchternden Machtfülle, trotz der seltsamen Zeitungsartikel und des protzigen Sekretariats, war er doch sicherlich der alte geblieben. Wenn ich dich in dieser Festung hier nicht umarmen kann, dann wird mir das Telefonbuch sagen, wo du wohnst ...

Er ging zur Nilstraße, legte sich ins feuchte Ufergras und wartete. Bis zum Abend ließ er sich Zeit. Ein Baum verdeckte das Licht der Straßenlaterne. Der früh entschwindende Neumond überließ den Himmel den funkelnden Sternen. Tröpfchenweise gab die furchterregende, dunkle Nacht Kühle und Frische nach dem rotglühenden Tag ab, dem der Sommer seine ganze Hitze aufgezwungen hatte.

Mit dem Rücken zum Nil sitzend, die Arme um die Knie gelegt, ließ er die ganze Zeit über die Villa Nr. 18 nicht aus den Augen. Wie schön stand sie da mit ihren drei offenen Seiten, nur der vierten war ein großer Garten vorgelagert. Die dichten Baumwipfel reichten weit an das große weiße Gebäude heran. Ein beeindruckendes Zeugnis von Reichtum und Altehrwürdigkeit. Aber wie war er zu alldem gekommen, wie hatte er das erreicht in so kurzer Zeit? Kein Meisterdieb würde an so etwas in seinen kühnsten Träumen denken. In der Vergangenheit jedenfalls hatte er selbst an eine solche Villa nur gedacht, wenn er einen Plan entwarf, um darin einzubrechen. Wie hatte Raouf es geschafft, dort einzuziehen?

Raouf Alwan, du bist mir ein Rätsel – aber eins, das sich mir offenbaren muß. War es denn nicht seltsam, daß ein Alwan mehr sein sollte als ein Muhran? Daß sich Alisch den Ertrag meines mühevollen Lebens so ganz nebenbei angeeignet hat?

Als er einen Wagen vor der Villa halten sah,

sprang er auf und lief quer über die Straße, gerade als der Pförtner die schweren Gartentürflügel öffnete. Er stellte sich dem Wagen in den Weg, beugte sich vor und versuchte, das Gesicht des Fahrers zu erkennen. Der indes schien ihn in der Dunkelheit nicht zu erkennen, und so rief Said laut und kräftig: »Raouf! Ich bin's, Said Muhran!«

Der Mann neigte sich an das geöffnete Fenster. Seine Stimme war immer noch so wohlklingend und kehlig wie ehedem: »Said! Oh!«

Said konnte das Gesicht nicht sehen, aber die Stimme klang ermunternd. Regungslos verharrte er, bis Raouf die Tür öffnete und sagte: »Steig ein!«

Ein guter Anfang. Raouf Alwan war eben Raouf Alwan geblieben, trotz des gläsernen Sekretariats und der seltsamen Villa. Der Wagen fuhr langsam den Weg entlang, der schnurgerade wie eine Gitarrensaite zum Eingang der Villa führte.

»Said, wie geht's dir, Menschenkind? Wann bist du rausgekommen?«

»Gestern.«

»Gestern schon?«

»Ja, ich hätte natürlich gleich zu dir kommen sollen, aber ich hatte noch ein paar dringende Sachen zu erledigen. Außerdem mußte ich mich erst mal ausruhen, deshalb verbrachte ich die Nacht bei Scheich Ali-al-Djunaidi. Erinnerst du dich noch an ihn?«

Während sie ausstiegen und zur Eingangshalle

hinübergingen, sagte Raouf: »O ja, der Scheich deines verstorbenen Vaters. Ich war ja oft mit dir bei seinen Gebetsveranstaltungen.«

»Das war doch unterhaltsam.«

»Mir gefiel vor allem der Gesang.«

Als ein Diener Licht machte, war Said ganz geblendet von all dem Glanz der vielen kleinen Kerzenbirnen im Kronleuchter. Eckspiegel warfen das Licht zurück. Es schien, als träten die angehäuften Kostbarkeiten aus der Finsternis heraus, leuchtend zeigten sie Verzierungen der Decke und Ornamente der Teppiche. Die Sessel und das Polsterkissen für die Füße waren angenehm weich. Sein Blick blieb auf dem runden, gutgenährten Gesicht des Gastgebers hängen. Wie oft hatte er sich danach gesehnt, es zu sehen. Wie tief hatte er sich damals jeden Zug eingeprägt, wenn er ihm gebannt zugehört hatte ...

Der Diener öffnete die Tür zum Garten und schob die Vorhänge beiseite. Said sah Raouf an und sagte sich, daß all diese Kostbarkeiten nur gestohlen sein konnten. Vom Garten her drang ein so schwerer, süßbetäubender Duft herein, daß ihm schwindelte. Irgend etwas aber veranlaßte ihn, trotz aller Freude, Herzlichkeit und Vergnügtheit Zurückhaltung zu üben. Da war auch noch dieser starke Parfümgeruch, den man eher bei einem feinen, adligen Herrn als bei Raouf Alwan mit der gebogenen Nase und den stark hervortretenden Backenknochen vermutet hätte.

Sein Herz schlug heftiger. Er fragte sich besorgt,

ob nun vielleicht auch die einzige und letzte Säule, auf die er sich verlassen hatte, zusammenbrechen würde.

Raouf setzte sich auf ein Sofa, dicht neben der Verandatür und bot ihm mit einer Handbewegung einen großen, bequemen Sessel an, der die Sitzecke nach einer Seite hin abschloß. In der Mitte stand eine Stehlampe, deren Schirm mit mythologischen Bildern bestickt war.

Fast uninteressiert wirkend, setzte er sich, ohne zu zögern. Raouf streckte seine Beine lang von sich und fragte: »Warst du zuerst in der Redaktion?«

»Ja, aber das ist nicht der passende Ort für eine Wiederbegegnung, meine ich.«

Raouf lachte, zeigte seine Zähne, die am Zahnfleischrand schwarz waren.

»Die Zeitung ist wie ein Wasserstrudel, der nie zur Ruhe kommt. Hast du lange auf mich gewartet?«

»Ein Leben lang.«

Wieder lachte er. Bedeutungsvoll und ironisch fragte er: »Sicherlich hast du diese Straße hier noch von früher gekannt?«

Nun lachte auch Said: »Natürlich, hier habe ich viele Kunden gehabt, deren Wohltaten ich nie vergessen werde. Die Villa von Fadil Pascha Husnein zum Beispiel verließ ich mit tausend Pfund, die Villa der Filmschauspielerin mit seltenen diamantenen Ohrringen ...«

Der Diener brachte einen kleinen Tisch, auf

dem eine Flasche, zwei Gläser und ein eleganter violetter Behälter mit Eis standen. Äpfel waren zu einer hohen Pyramide aufgebaut, in kleinen Schüsselchen gab es die verschiedensten appetitanregenden Naschereien. Wasser in einem silbernen Krug vervollständigte das Angebot.

Raouf dankte dem Diener, füllte die beiden Gläser und reichte Said eines. Dann hob er das Glas: »Auf die Freiheit!« Said leerte es in einem Zug. Raouf, der nur einen kleinen Schluck getrunken hatte, fragte ihn: »Wie geht es deiner Tochter? Ach ja, ich hatte vergessen, dich zu fragen, warum du eigentlich bei Scheich Ali übernachtet hast?«

Offensichtlich wußte er nichts mehr, erinnerte sich aber immerhin, daß er eine Tochter hatte. Kurz und sachlich erzählte Said das wesentliche und schloß mit den Worten: »Gestern war ich nun in der Geldwechsler-Gasse, und wie vermutet, wartete dort ein Spitzel auf mich. Meine Tochter hat mich verleugnet. Sie schrie, als sie mich sah.«

Ohne zu fragen, füllte er sein Glas.

»Eine traurige Geschichte«, sagte Raouf. »Aber deine Tochter hat keine Schuld, sie kann sich nicht mehr an dich erinnern. Sie wird dich wieder kennenlernen und dann auch wieder lieben.«

»Ich hab zu dem ganzen Geschlecht kein Vertrauen mehr.«

»Das sagst du jetzt, aber wer weiß schon, was morgen sein wird? Du wirst diese Meinung auch wieder ändern, das bringt das Leben so mit sich.«

Das Telefon läutete. Raouf stand auf, hob ab

und hörte abwartend zu. Sein Gesicht leuchtete plötzlich auf, er nahm den Apparat und ging damit hinaus auf die Veranda. Said sah ihm nach. Eine Frau? Das Lächeln und die Flucht ins Dunkle ließen es vermuten. Ob er überhaupt noch ledig ist? Da sitzt man nun nebeneinander, erzählt sich was und trinkt miteinander, und trotzdem sagt einem dieses warnende Gefühl im Unterbewußtsein, daß auch hier eine Pestbeule aufplatzen, daß auch dieses Treffen ihm viel Schweres bringen kann …

Er wußte nicht, weshalb er ihm dennoch vertraute, weshalb er in ihm einen Menschen sah, auf dessen Instinkt man sich verlassen konnte. Jetzt gehörte er jedenfalls zu den Leuten, die ihren Weg gemacht hatten und nun das entsprechende Auftreten an den Tag legten. Vielleicht hatte er ihn nur höflichkeitshalber so freudig begrüßt, vielleicht hatte er sich dennoch ganz und gar verändert und nur sein Äußeres war ihm geblieben.

Von der Veranda drang dröhnendes Lachen herein. Sein Argwohn nahm zu. Ruhe und Gelassenheit demonstrierend, nahm er einen Apfel und biß kräftig hinein. Was blieb ihm noch im Leben, wenn die Ideen nicht mehr gültig sein sollten, die dieser Mann, der jetzt so laut am Telefon lachte, ihm eingegeben hatte? Wehe ihm, wenn er sie verraten hatte!

Endlich kehrte Raouf Alwan zurück und stellte den Telefonapparat auf seinen Platz. Als er sich setzte, machte er einen zufriedenen, heiteren Eindruck.

»Möge dir die Freiheit bekommen, sie ist ein kostbarer Schatz, der einen über den Verlust jeder noch so teuren Sache hinwegtröstet.«

Said nahm sich ein Stück Dörrfleisch, nickte bejahend, zeigte aber kein sonderliches Interesse.

»Da bist du nun also aus dem Gefängnis heraus und denkst vielleicht, daß du eine neue Welt finden wirst.«

Er füllte die beiden Gläser, während Said sich voller Eßlust über die Schüsselchen hermachte. Ab und zu sah er zu seinem Freund hinüber, der seinen Unwillen mühsam mit einem Lächeln zu verdecken suchte.

Du mußt doch verrückt sein, wenn du denkst, daß er dich tatsächlich aus reinem Herzen so freundlich willkommen heißt ... Höflichkeit ist die Schwester der Peinlichkeit und hält nicht lange vor. Aber von ihm verraten zu werden, das wäre das Schlimmste. Dann gäbe es nur noch sinnlose Leere ringsum ...

Raouf öffnete eine Dose im Chinoiseriestil und nahm sich eine Zigarette.

»Tja, mein Lieber, alles ist geblieben, wie es war. Die gleichen Dinge, die uns schon damals das Leben vergällt haben.«

Mit vollem Mund antwortete Said: »Im Gefängnis sah das für uns anders aus. Es gab vieles, was uns erregte, uns Hoffnung machte. Wer hätte sich schon vorgestellt, daß alles noch so sein würde?« Lächelnd sah er Raouf an und fuhr fort: »Also keinen Krieg?«

»Nennen wir es Waffenstillstand. Jeder heilige Krieg hat seine Atempause.«

Said sah sich um. »In diesem prächtigen Salon zum Beispiel.« Die vorschnelle Bemerkung tat ihm leid, als er den kalten Blick spürte, der ihn traf. Daß deine Zunge auch nicht die geringste Höflichkeit von sich geben kann!

Mit erzwungener, ärgerlich klingender Ruhe fragte Raouf: »Was hat dieser Salon mit der Atempause zu tun?«

Er antwortete ausweichend: »Ich meinte nur den auserlesenen Geschmack, der hier herrscht.«

Raouf kniff ärgerlich die Augen zusammen und bemerkte ironisch: »Täuschungsmanöver sind zwecklos. Sag lieber offen, was du denkst. Ich kenne dich viel zu gut, und das weißt du ganz genau.«

Said lachte freundschaftlich: »Ich habe das überhaupt nicht böse gemeint.«

»Du darfst nicht vergessen, daß ich von meiner Arbeit und meinem Schweiß lebe.«

»Daran besteht doch gar kein Zweifel. Ärgere dich doch nicht so.«

Raouf zog nervös an der Zigarette und schwieg. Said spürte, daß er besser mit der Esserei aufhören sollte. Entschuldigend erklärte er: »Ich habe mich noch nicht von den Gefängnissitten frei machen können. Es wird sicherlich eine ganze Weile dauern, bis ich mich wieder an höfliche Gesprächs- und Umgangsformen gewöhnt habe. Außerdem darfst du nicht vergessen, daß mir immer noch die

Erinnerung an den seltsamen Besuch durch den Kopf geht, bei dem mich die eigene Tochter verleugnet hat.«

Raouf zog die Brauen hoch und deutete damit an, daß er ihm verzieh. Als er sah, wie Saids Augen immer wieder zum Essen hinüberwanderten, als bäte er ihn um die Erlaubnis, weiter zulangen zu dürfen, forderte er ihn gelassen auf: »Iß doch!«

Sofort machte sich Said über die Reste her, bis nichts mehr übrig war.

Raouf schien nun doch langsam auf ein Ende ihres Gesprächs hinzusteuern. »Dein Leben muß nun ganz anders werden. Hast du dir schon etwas für die nächste Zeit überlegt?«

Said rauchte. »Ich schleppe mich noch mit der Vergangenheit herum, und da ist es schwer, an die Zukunft zu denken.«

»Ich bin überzeugt, daß es hier mehr Frauen als Männer gibt, da brauchst du dich doch nicht wegen des Treubruchs einer Frau so aufzuregen. Und was deine Tochter angeht, so wird sie dich, wenn sie dich erst mal kennt, auch lieben. Viel wichtiger ist es jetzt, daß du dir Arbeit suchst.«

Said starrte angestrengt auf eine Buddha-Figur, ein Wunderwerk an harmonischer Übereinstimmung von Würde und Schläfrigkeit. »Ich habe im Gefängnis nähen gelernt.«

Überrascht fragte Raouf: »Willst du etwa einen Schneiderladen aufmachen?«

»Auf gar keinen Fall.«

»Was dann?«

Said sah ihn offen an. »Ich war in meinem ganzen Leben nur von einem Beruf überzeugt.«

»Willst du etwa wieder zur Dieberei zurückkehren?« fragte Raouf verwirrt.

»Das ist doch sehr befriedigend, wie du selbst weißt.«

Er fuhr ihn scharf an. »Wie du selbst weißt? Woher sollte ich das wissen?«

»Wieso bist du so wütend? Ich hab nur gemeint, daß du es von früher her wissen müßtest. Ist es nicht so?«

Raouf blickte demonstrativ auf den Teppichboden. Wie es schien, war er nicht bereit, das Gespräch in dieser Art weiterzuführen. In seiner Miene war nichts mehr von der ihm eigenen Heiterkeit. Er drängte zum Ende. »Said, heute ist nicht gestern. Ich war einmal ein Dieb, und du warst, aus Gründen, die du kennst, mein Freund. Aber ich sage noch einmal, heute ist nicht gestern. Wenn du heute zur Dieberei zurückkehrst, wirst du nichts anderes sein als ein ganz gewöhnlicher Gauner.«

Said stand auf und ging nervös auf und ab. Mit bitterer Deutlichkeit wurde ihm klar, wie hoffnungslos alles war. Mühsam bezwang er die Enttäuschung, setzte sich wieder und sagte scheinbar ruhig: »Dann suche ich mir eine passende Arbeit.«

»Was denn für eine? Rede, ich bin ganz Ohr.«

Spöttisch schlug Said vor: »Es würde mich sehr

freuen, als Redakteur in deiner Zeitung zu arbeiten. Ich bin gebildet und war einer deiner besten Schüler. Ganze Berge von Büchern habe ich unter deiner Anleitung gelesen. Wie oft hast du mir bescheinigt und mir gesagt, wie vortrefflich ich bin.«

Ärgerlich schüttelte Raouf den Kopf, so daß das Licht in seinem dichten schwarzen Haar aufglänzte. »Die Zeit eignet sich nicht für Späßchen. Du hast doch noch niemals etwas geschrieben. Obendrein bist du erst gestern aus dem Gefängnis entlassen worden. Du vergeudest nur meine Zeit.«

Said konnte sich nicht länger beherrschen. »Dann soll ich mir also irgendeine dreckige Arbeit suchen?«

»Keine Arbeit ist dreckig, solange man ehrlich bleibt.«

Zur Verzweiflung kam nun Bitterkeit hinzu. Er sah sich um. »Was könnte besser sein, als von den Reichen die Armut zu bekommen!«

Raoufs Antwort erschöpfte sich in einem Blick auf die Uhr. Said verstand. »Ich denke, daß ich deine kostbare Zeit schon mehr als genug beansprucht habe.«

»Ja«, erwiderte Raouf mit der Klarheit der Julisonne. »Ich bin mit Arbeit überlastet.«

Said erhob sich. »Ich danke dir für deine Gastfreundschaft, deine Großmütigkeit und das Essen.«

Raouf zog sein Portemonnaie und gab ihm zwei Fünfpfundscheine. »Amüsier dich damit, und nimm es mir nicht übel, daß ich von meiner Überlastung sprach. So einen terminfreien Abend wie diesen habe ich selten genug.«

Said nahm lächelnd die Scheine, drückte ihm freundlich die Hand und sagte: »Unser Herrgott sei dir weiterhin gnädig.«

4

Das also war Raouf Alwan – ein faulender Leichnam, nur noch nicht begraben. Vergänglich wie das Gestern, wie der erste Tag der Geschichte, wie die Liebe Nabawijas, wie die Treue von Alisch.

Laß dich nicht vom Gestern täuschen, all die netten Worte sind nur listiger Betrug, das Lächeln ist aufgesetzt und die Großzügigkeit ein nervöser Reflex der Hände. Wäre da nicht ein letzter Rest von Scham gewesen, hättest du nicht einmal seine Schwelle übertreten.

Du hast mich zwar erschaffen, Raouf, aber nun fallenlassen, du hast deine Ideen ganz einfach aufgegeben, als sie in mir Gestalt angenommen hatten. Nun stehe ich da – ohne Wurzeln, ohne Wert, ohne Hoffnung. Niedrigster Verrat, auf den das ganze Moqattam-Gebirge herabstürzen müßte, um den Schmerz zu rächen. Spürst du denn nicht, wie dich dieser Verrat verändert hat, oder betrügst du dich auch selbst so, wie die anderen das versuchen? Quält dich denn nicht wenigstens insgeheim, nachts oder in einer ruhigen Minute, dein Gewissen?

Wie gerne würde ich in deine geheimsten Gedanken dringen, so wie ich in dein Haus voller Luxus und Spiegel eintreten durfte. Aber auch dort würde ich gewiß nichts finden außer Verrat. Ich würde Nabawija unter dem Mantel Raoufs und Raouf verhüllt mit dem Gewand Nabawijas entdecken oder aber auch Alisch Sadra an ihrer beider Stelle. Alle sind austauschbar – nur Verrat, das widerwärtigste Verbrechen auf Erden, würde sich mir offenbaren. Alle sehen sich verstört und mißtrauisch um, fortgerissen vom Strom der Begierde, wie schleichende Katzen, die dem leichtsinnigen Spatzen den Tod bringen. Das Streben nach oben hatte den letzten Rest von Scham und Zaudern besiegt. Wahrscheinlich hatte Alisch Sadra in einer Ecke der Gasse, vielleicht sogar in meiner Wohnung gesagt: »Ich werde die Polizei auf ihn aufmerksam machen, damit wir ihn endlich los sind«, und die Mutter der Tochter hatte dazu geschwiegen. Sie, die mir so unzählige Male frei heraus gesagt hatte: Ich liebe dich, du Mann der Männer! Deshalb also hatten sie mich in der Geldwechsler-Gasse so umzingelt, wie es selbst der Teufel nicht besser hätte arrangieren können. Faustschläge und Hiebe hatten mich erwartet.

Und nun auch du, Raouf. Ich weiß nicht einmal, wer von euch allen der übelste Halunke ist. Obwohl deine Schuld am schwersten wiegt, du Meister des Verstandes und Kenner der Geschichte. Mich hast du ins Gefängnis gebracht, dich aber selbst in das Schloß der Lichter und Spiegel gesetzt. Hast du denn all deine weisen Sprichwörter über Schlösser und Hütten vergessen?

Ich jedenfalls kann das nicht …

Er hatte die Abbas-Brücke erreicht und setzte sich auf einen der Steinpfosten. Zum erstenmal nahm er seine Umgebung bewußt wahr. Auf die

Dunkelheit einsprechend, sagte er laut und deutlich: »Je eher, desto besser, am besten gleich, bevor er sich von der Überraschung erholt hat.«

Da gibt es kein Zögern, dein Beruf bleibt, was er immer war – er bleibt gerecht und nützlich, vor allem wenn du das anwendest, was dieser große Philosoph darüber immer gesagt hat. Habe ich den Schurken erst bestraft, werde ich schon ein Plätzchen finden, wo ich untertauchen kann. Kann ich denn weiterleben und einfach alles vergessen? Soll ich denn diese Namen, Nabawija, Alisch, Raouf, aus meinem Gedächtnis streichen? Wenn das möglich wäre, fiele eine schwere Last von mir, die Ruhe wäre näher und der Galgenstrick ferner. Aber das ist und bleibt ein frommer Wunsch. Du hättest nichts vom Leben, solange diese Rechnung nicht beglichen wäre.

Ich kann die Vergangenheit nicht vergessen, sie ist für mich Gegenwart. Diese Nacht wird der beste Anfang für die weitere Arbeit sein. Es wird ein Abenteuer sein, das mir fette Happen bringt.

In die schwarzen Wellen des Nils tauchten die Lichtblitze der Uferlaternen. Es war still, erholsam und angenehm. Allmählich brach die Morgendämmerung herein, und die Sterne kamen der Erde näher.

Er stand auf, reckte und streckte sich und ging am Ufer in der gleichen Richtung zurück, aus der er gekommen war. Er ließ sich Zeit, mied den schwachen Lichtschein der Laternen, die noch brannten. Als die große Villa mit den drei ungeschützten Seiten auftauchte, ging er noch langsamer. Aufmerksam beobachtete er die Straße, die Gartenmauern der Villen, das Ufer. Dann heftete sich sein Blick auf das große Haus.

Es schien zu schlafen, mit geschlossenen Lidern, bewacht von den gespenstergleichen Bäumen. Der Verräter schlief in einzigartiger, unverdienter Ruhe. Aber das würde sich noch heute nacht ändern, wenn er ihm genug Unruhe bringen würde, so daß er es sein Lebtag nicht vergessen würde.

Ganz natürlich, ohne sich umzudrehen und ohne zu zögern, überquerte er die Straße und ging auf die Mauer zu, die sich die Seitenstraße entlang zog. Sorgfältig prüfte er die Umgebung. Als er sich vergewissert hatte, daß niemand in der Nähe war, kauerte er sich dicht an die Mauer. Um ihn war der Duft von Veilchen und Jasmin. Von den Büschen gedeckt, verharrte er regungslos. Falls im Haus ein Hund wäre – von dem Besitzer ganz abgesehen –, würde sein Gebell die ganze Gegend in Bewegung bringen.

Kein Laut unterbrach die Stille.

Paß auf, Raouf, dein Schüler kommt, um dir einige deiner Lebensannehmlichkeiten zu nehmen. Geschickt, mit geübtem Griff und der Behendigkeit eines Affen sprang er auf die Mauer. Das dichte Gestrüpp der ineinandergeschlungenen Zweige, durchwoben von Blüten und Blättern, schien ihn nicht zu stören. Er stützte sich, stieg über die spitzen Eisenstäbe und ließ sich fallen, als seine Füße das innenliegende Geäst spürten. Eine Weile verharrte er so, bis er wieder ruhig durchatmen konnte. Um ihn war nichts, nur Büsche, Bäume und Dunkelheit.

Du mußt erst einmal aufs Dach klettern und von dort den günstigsten Einstieg finden, um dich dann im Haus zurechtzufinden. Du hast kein Werkzeug, keine Taschenlampe und konntest dich vorher nicht informieren. Hier hat Nabawija nicht zuvor als Wäscherin oder Dienerin gearbeitet, jetzt war sie ja mit Alisch Sadra beschäftigt ... Mit Gewalt riß er sich von diesem Gedanken los.

Vorsichtig ließ er sich auf den Erdboden hinunter und schlich auf allen vieren auf die Hauswand zu. Tastend glitt er an den Steinen entlang, bis er ein Leitungsrohr fühlte. Mit akrobatischer Geschicklichkeit kletterte er hinauf. Sein Ziel war das Dach, aber als er in der Nähe ein geöffnetes Fenster sah, kam ihm die Idee, es dort zu versuchen.

Mit einem Bein hangelte er hinüber auf das Fensterbrett, seine Hände krallten sich am Mauergesims fest, so daß er schließlich das ganze Gewicht des Körpers auf das Fensterbrett verlegen und dort stehen konnte. Er schlüpfte hinein und vermutete, daß das die Küche war.

Die Dunkelheit machte ihm zu schaffen. Er suchte die Tür. Wahrscheinlich war es in den anderen Räumen noch finsterer. Aber wenigstens mußte er Raoufs Brieftasche oder etwas anderes

Kostbares finden. Irgendwie mußte er sich durchtappen.

Mit beiden Händen an der Wand entlangtastend, fand er endlich die Tür. Vorsichtig ging er einige Schritte, die Dunkelheit brachte ihn fast zum Verzweifeln.

Da aber spürte er plötzlich einen Lufthauch, der sein Gesicht streifte. Woher kam die frische Luft? Er glitt an einer glatten Wand entlang, die Arme vorgestreckt und mit den Fingern tastend, bis er eine herabhängende kristallene Schnur fühlte und ein klimperndes Geräusch hörte. Ein Vorhang zweifellos. Er schien seinem Ziel näher.

Einen Moment dachte er an die Streichholzschachtel in seiner Tasche, griff aber nicht nach ihr. Vorsichtig bewegte er den Stoff nur ein wenig, denn er hatte Angst, daß der Vorhang sich ohne Lärm nicht wieder zurückschieben lassen würde.

Er tat einen Schritt, stieß an einen Sessel oder Stuhl. Er hob den Kopf in der Hoffnung auf einen zarten, schwachen Lichtschimmer, aber nur alptraumhafte Finsternis umgab ihn. Wieder überkam ihn die Versuchung, wenigstens für einen Moment ein Streichholz anzuzünden.

Da aber flammte plötzlich Licht von allen Seiten auf, hell und strahlend, als fielen tödliche Faustschläge auf ihn herab. Unwillkürlich schloß er die Augen. Als er sie wieder öffnete, sah er zwei Armlängen vor sich Raouf stehen, in seinem langen Gewand wirkte er wie ein Riese. Eine Hand hatte er in der Tasche zusammengeballt,als trüge er eine Waffe. Jedenfalls vermutete Said das.

Der kalte Blick ließ ihn erstarren, die geschlossenen Lippen sprachen von Feindschaft und Haß. Das tödliche Schweigen war schwerer zu ertragen als die Gefängniszelle. Na, würde der Aufseher Abd Rabbihi spöttisch sagen, da bist du aber schnell wieder zurückgekehrt …

Hinter ihm fragte jemand mit durchdringender Stimme: »Sollen wir die Polizei rufen?«

Er drehte sich um und sah drei Diener, aufgereiht in einer Linie.

Raouf brach das Schweigen und sagte: »Geht raus und wartet.«

Als sich hinter ihnen die Tür schloß, sah er, daß deren Holzfläche mit Arabesken ausgefüllt war, und über ihnen prangte ein Spruch oder Vers aus Perlmutt.

Raouf blickte ihn düster und unheilvoll an und fuhr ihn dann grob an: »Wie dumm von dir, deine Tricks an mir auszuprobieren, ich kenne dich doch in- und auswendig!«

Said antwortete nicht, noch stand er unter dem Schock der Überraschung. Es war eine Kapitulation, die der Verzweiflung gleichkam, zugleich aber wußte er, daß er sich nicht ohne weiteres festnehmen lassen würde, war er doch gestern erst entkommen …

»Ich hatte dich erwartet und mich darauf eingestellt, sogar den Einstieg hab ich dir vorgegeben. Trotzdem hatte ich mir insgeheim gewünscht, daß ich mich täuschen würde. Aber andererseits, welch üble Vermutung sollte bei dir schon unangebracht sein?» Said starrte auf den glänzenden Fußboden und schwieg weiter. »Alles zwecklos, du kommst aus deinem Dreck nicht heraus und wirst armselig enden. Das beste, was ich noch machen kann, ist: dich der Polizei übergeben.«

Saids Lider flatterten, seine Lippen zuckten vor Erregung.

»Was willst du eigentlich?« fragte Raouf.

Said blickte weiter zu Boden.

»Du redest andauernd von Feindschaft und hast alles Gute, Schöne vergessen. Du gehst ganz auf in Neid und Haß, mir sind deine Gedanken genauso sichtbar wie deine Bewegungen.«

Saids Blick bohrte sich in den Boden, leise begann er zu reden: »In meinem Kopf dreht sich alles. Seit ich frei bin, ist das so.«

»Du Lügner, versuche bloß nicht, mich zu täuschen! Du hast dir vorgestellt, ich wäre jetzt einer von den Reichen, die ich früher bekämpft hatte. Genauso wolltest du auch mich behandeln!«

»Nein, so ist es nicht ...«

»Also bist du nicht in mein Haus eingestiegen? Wolltest mich nicht bestehlen?«

Said zögerte. »Ich weiß nicht, ich bin ganz durcheinander, aber das glaubst du mir ja nicht.«

»Klar, weil ich genauso weiß wie du, daß du lügst. Du warst mit meinen freundschaftlichen Ratschlägen nicht einverstanden, sie haben deinen Neid und deine fixen Ideen nur bestärkt. Und sofort reagierst du – wie früher auch schon – wie ein Irrer. Nun bekommst du, was du wolltest. Landest gleich wieder im Gefängnis.«

Unterwürfig gab Said klein bei: »Entschuldige bitte, aber versuche doch zu verstehen, daß ich immer noch mit den Ideen aus dem Gefängnis und der Zeit davor verwachsen bin.«

»Das entschuldigt dich keineswegs. Ich sehe schon wieder deine Gedanken. Jeder Satz ist mir vertraut, jeder. Mit allem, was dahintersteckt. Und jetzt ist es Zeit, daß ich dich der Polizei übergebe.«

Bittend hob Said die Hände: »Nein, warte doch ...«

»Wieso? Hast du es etwa nicht verdient?«

»Ja, natürlich. Aber trotzdem.«

Raouf sprang auf und schrie ihn an: »Wenn ich dich noch ein einziges Mal sehe, zerquetsche ich dich wie eine Laus!«

Said sah die Rettung nahe und wollte sich schnell davonmachen. Da brüllte Raouf: »Gib das Geld zurück!«

Er erstarrte, griff in die Tasche und holte die zwei Scheine heraus. Noch mal hörte er die Drohung: »Zeig dich nicht ein zweites Mal!«

Als er zum Nilufer zurückging, konnte er noch immer nicht fassen, daß er davongekommen war. Nur war die Freude vom Gefühl der Niederlage getrübt. Er lief durch die feuchtfrische Morgendämmerung und erlebte alles noch einmal. Erst jetzt fiel ihm auf, daß er sich vom Zimmer nichts anderes eingeprägt hatte als die verzierte Holztür und den glänzenden Wachsfußboden.

Die frische Morgenluft tat ihm gut. Um die beiden Scheine tat es ihm leid, aber auch darüber würde er hinwegkommen. Er sah zum Himmel auf und staunte über den unveränderten Glanz der Sterne.

5

Die Männer starrten ihn an, als trauten sie ihren Augen nicht. Es waren nicht viele, aber wie ein Mann waren sie aufgesprungen.

»Bewahre, Erde, was auf dir lebt!«

»Diese Nacht gehört dem Dankesgebet für den Propheten!«

Sie umringten und umarmten ihn, allen voran der Wirt des Kaffeehauses und sein Gehilfe. Sie küßten ihn auf die Wangen, und Said Muhran drückte jedem die Hand.

»Ich danke dir, Meister Tarzan. Euch allen Dank.«

»Seit wann denn?«

»Seit vorgestern.«

»Ein gutes Vorzeichen!«

»Allah sei Dank.«

»Und die anderen Kumpel?«

»Ihnen geht's gut, alles braucht seine Zeit.«

Eine Weile tauschten sie Neuigkeiten aus, bis der Wirt ihn schließlich auf seine Matte zog und sie bat, sich wieder zu setzen. Ruhe kehrte ein. Nichts hatte sich verändert, es war, als hätte Said erst gestern alles verlassen. Der runde Raum, die kupferne Säule, die Holzstühle mit den Sitzen aus Strohgeflecht, die wenigen, immer gleichen Kunden, die in den Ecken herumsaßen, Tee tranken und ihre Geschäfte absprachen. Durch das große Fenster und die Tür blickte man auf eine öde, unbebaute Fläche, die sich unendlich weit hinzog.

Kein Schimmer durchbrach die tiefe, undurchdringliche Finsternis. Nur ab und zu drang durch die beklemmende Stille Gelächter. Zwischen Tür und Fenster bewegte sich ein Luftstrom, der trokken und erfrischend war und die Gewalt und Reinheit der Wüste hereintrug.

Said nahm dem Gehilfen das Glas ab und trank den Tee, bevor er abkühlte. Dann beugte er sich zum Wirt hinüber und fragte: »Was macht die Arbeit?«

Tarzan verzog ärgerlich den Mund: »Wir wissen genau, welche von den Männern Spitzel sind.«

»Hat Allah sie denn immer noch nicht bestraft?«

»Sie sind so faul, als wären sie schon Regierungsbeamte.«

Said pfiff spöttisch: »Der Faule ist immer noch besser als der Verräter, denn er bringt einen wenigstens nicht ins Gefängnis, Meister Tarzan.«

»Gütiger Gott!«

Said sah ihn durchdringend an. »Hast du die Nachricht nicht bekommen?«

Der Wirt schüttelte bedauernd den Kopf und schwieg. Said flüsterte ihm ins Ohr: »Ich brauche einen guten Revolver.«

Ohne zu zögern, antwortete Tarzan: »Zu deinen Diensten.«

Said klopfte ihm dankbar auf die Schulter und erklärte ein wenig verlegen: »Aber ich habe im Moment kein ...«

Tarzan unterbrach ihn, indem er ihm seine

grobe Hand auf den Mund legte. Fast vorwurfsvoll sagte er: »Da gibt es doch nichts zu entschuldigen, wenn du etwas brauchst.«

Said trank aus, stand auf und trat ans Fenster. Seine schlanke, mittelgroße, kräftige Figur hob sich deutlich vor dem dunklen Hintergrund ab. Der Wind blies seine Jackettenden wie Segel auf. Er sah über die unermeßliche Weite, die in der Dunkelheit noch endloser wirkte. Die Sterne am klaren Himmel glichen verstreuten Sandkörnern. Es schien, als wäre das Kaffeehaus eine Insel im Ozean oder ein Flugzeug am Himmel. Am Fuß der Anhöhe, auf der das Kaffeehaus stand, glimmten sternengleich Zigaretten in den Händen von Spaziergängern auf. Ganz fern, am westlichen Horizont, sah man die Lichter der Abbasija, die die Einsamkeit des Kaffeehauses noch unterstrichen. Er beugte sich aus dem Fenster und hörte die Stimmen der Menschen, die sich dort unten im Freien ausruhten und die frische Luft der Wüste genossen. Der Gehilfe brachte den Männern eine Wasserpfeife, deren Glut aufleuchtete. Knisternde Funken sprühten. Die Gespräche wurden lebhafter, immer häufiger von Lachen unterbrochen. Einer, mit einer jugendlichen Stimme, schien besonderen Gefallen am Sprechen zu haben.

»Könnt ihr mir einen einzigen Platz auf der Erde nennen, wo man die Ruhe wirklich auskosten kann?«

Jemand antwortete gereizt: »Na den hier zum Beispiel. Oder haben wir hier jetzt nicht Stille um uns?«

»Aber du sagst ›jetzt‹ – ist nicht gerade das die Tragödie?«

»Verdrängen wir nicht mit all unserer Angst und Unruhe auch jeden Gedanken an die Zukunft, daran, wie es weitergeht?«

»Dann hast du also etwas gegen Beständigkeit, Ruhe, Frieden, oder?«

»Wenn man dir den Strick um den Hals legt, ist es nur natürlich, wenn du etwas gegen Beständigkeit hast.«

»Das ist doch etwas ganz anderes, dieses Problem mußt du zwischen dir und dem Henker ausmachen.«

»Ihr schwatzt doch bloß so zufrieden daher, weil ihr hier das Gefühl habt, daß euch Dunkelheit und Wüste beschützen. Aber gar nicht lange, und ihr kehrt, ohne zu zögern, in die Stadt zurück. Was soll's also?«

»Die wirkliche Tragödie ist, daß unser Feind zur gleichen Zeit auch unser Freund ist.«

»Keinesfalls, es ist genau umgekehrt, unser Freund ist zugleich unser Feind.«

»Auf jeden Fall sind wir Feiglinge, warum geben wir das nicht wenigstens zu?«

»Vielleicht stimmt das. Aber woher soll uns in dieser Zeit Mut kommen?«

»Entweder man hat Mut, oder man hat keinen.«

»Das stimmt nur für den Tod. Der ist, was er ist.«

»Das einzige, was wirklich ist, das ist die Wüste und die Dunkelheit.«

Was für ein Gespräch! Was wollten sie überhaupt? Trotzdem spürst du, daß sie etwas meinen, was irgendwie auch dich betrifft, auf dunkle, geheimnisvolle Art – so wie diese Nacht. Auch du hattest einmal dieses jugendliche Gefühl von allmächtiger Stärke, dieses Herz voller Begeisterung. Du hattest die Waffe für einen heiligen Krieg erhoben, nicht aber zum Morden. Hier, hinter diesem Hügel, auf dem das Kaffeehaus steht, hatte damals unsere junge Schar für den Kampf trainiert, in zerrissenen Kleidern, aber mit reinem Gewissen. Der Herr von Villa 18 ging allen voran, trainierte sie, bildete sie aus und gab Lebensweisheiten von sich. »Der Revolver ist wichtiger als ein Stück Brot, Said Muhran. Wichtiger auch, als die nächtlichen Gebetsübungen, zu denen du mit deinem Vater gehst ...« Eines Abends hatte er dich gefragt: »Said, was braucht ein junger Mann in diesem Land?« Ohne abzuwarten, hatte er geantwortet: »Den Revolver und das Buch. Einen Revolver für die Vergangenheit und das Buch für die Zukunft. Also trainiere und lerne!« Und wie hatte Raouf damals im Studentenheim gelacht und war stolz auf dich gewesen. »Du hast gestohlen? Richtig geklaut? Bravo! Mögen die, die mit Gewalt und Macht alles an sich reißen, ruhig ein wenig erleichtert werden. Das ist eine ganz legitime Sache, Said, sei unbesorgt.« Hier in dieser Einöde hast du damals deine Geschicklichkeit bewiesen; du wärst der Tod selbst, hatten sie gesagt, deine Schüsse verfehlten ihr Ziel nie ...

Er schloß die Augen und atmete tief die frische Luft. Eine Hand legte sich auf seine Schulter. Er drehte sich um und sah Meister Tarzan, der ihm in der anderen Hand einen Revolver zeigte. »Feuer für deinen Feind, so Allah will.«

Said nahm die Waffe und prüfte sie. »Wieviel, Meister?«

»Ein Geschenk.«

»Aber nicht doch. Ich hätte nur um eine Frist ...«

»Wieviel Schuß brauchst du?«

Sie kehrten auf die Matte des Wirts zurück. Als sie an der Tür vorbeigingen, hörten sie draußen das laute Lachen einer Frau. Meister Tarzan lächelte ihm zu: »Das ist Nur. Erinnerst du dich noch an sie?«

Said blickte hinaus, aber es war zu dunkel, um etwas zu erkennen. »Kommt sie immer noch her?«

»Von Zeit zu Zeit. Sie wird sich freuen, dich wiederzusehen.«

»Hat sie etwas gefangen?«

»Natürlich, den Sohn des Chefs der Heluan-Fabrik.«

Als sie sich gesetzt hatten, rief der Wirt seinen Gehilfen und bat ihn: »Sei so nett und sage Nur, sie soll herkommen.«

Mal sehen, was die Zeit aus ihr gemacht hat. Damals hatte sie sich sehr um ihn bemüht, aber er hatte ja seine Frau aufrichtig geliebt. Nichts schmerzt mehr, als abgewiesen zu werden, es ist, als sänge die Nachtigall für einen Stein. Selbst ihre Geschenke hatte er an Nabawija weitergegeben. Er legte die Hand auf den Revolver, der wohlverwahrt in seiner Tasche ruhte, und biß die Zähne zusammen.

In der Tür stand Nur, die auf die Überraschung, die sie erwartete, nicht gefaßt war. Als sie ihn sah, blieb sie verwirrt stehen. Er lächelte sie an. Sie wirkte schlanker als früher, und das Gesicht verschwand fast unter der dicken Puderschicht. Das weiße, ärmellose Kleid offenbarte ihre Reize. Die Schenkel waren fast unbedeckt, und der Stoff lag so eng an, daß es schon schamlos wirkte. In ihrem kurzen Haar spielte der Wind.

Sie stürzte auf ihn zu und nahm seine Hände. »Allah sei Dank, daß es dir gut geht.« Sie lachte aufgeregt und versuchte damit, ihre Verwirrung zu überspielen.

»Wie geht es dir, Nur?«

Meister Tarzan antwortete lächelnd: »Du siehst doch: Nur ist so geblieben, wie sie war.«

»Mir geht es gut«, sagte sie nun. »Aber was ist mit dir? Du siehst zwar gesund aus, aber deine Augen gefallen mir nicht. Ich kenne dich doch, du scheinst unglücklich zu sein.«

Lächelnd fragte er: »Wieso?«

»Ich weiß nicht, wie ich's sagen soll. Du hast so einen fiebrigen Blick, und dein Mund drückt so etwas aus wie eine Warnung.«

Er lachte und sagte bedauernd: »Dein Freund wird sicher gleich kommen, um dich abzuholen.«

Sie schüttelte sich eine Strähne aus dem Gesicht. »Mit dem ist nichts los, der kann seinen Kopf nicht von den Beinen unterscheiden.«

»Jedenfalls bist du mit ihm zusammen.«

Mit listiger Verschmitztheit fragte sie: »Möchtest du gern, daß ich ihn begrabe?«

»Nicht heute nacht. Wir sehen uns ein andermal.« Mit deutlichem Interesse fuhr er fort: »Man sagt, er wäre ein günstiger Fund?«

»Stimmt. Wir fahren mit seinem Auto meistens zum Märtyrerfriedhof, er findet es dort so schön.«

»Draußen auf dem Märtyrerfriedhof?« fragte er nachdenklich, als spräche er mit sich selber.

Sie schien verwirrt, als sich ihre Blicke trafen. Gespielt spaßhaft sagte sie: »Siehst du, an mich denkst du gar nicht.«

Er überhörte den deutlichen Vorwurf. »Wieso? Du weißt doch, daß ich dich mag.«

»Du denkst nur an den fetten Fang, der sich dir bietet.« Er lächelte. »Das gehört doch dazu, wenn ich an dich denke.«

»Wenn es herauskommt, daß ich etwas damit zu tun habe, ist es aus mit mir. Sein Vater ist einflußreich, und die Familie ist wie eine Ameisenkolonie. Brauchst du Geld?«

»Ein Auto dringender.«

Er stand auf, kniff ihr zärtlich in die Wange und sagte: »Ich werde schon keinen Unsinn machen; es wird nichts geschehen, wovor du Angst haben müßtest. Mach dir also keine Gedanken, du bist doch kein Kind mehr. Wir sehen uns eher wieder, als du denkst.«

6

Er mied den Weg entlang den Kasernen und ging quer durch das Wüstengelände in Richtung Märtyrerfriedhof. Er wollte ihn möglichst schnell erreichen. Es war, als hätte er in seinem Kopf einen Kompaß, so genau kannte er noch das Gebiet von Abbasija. Als vor ihm die gewaltige, sternenbeglänzte Kuppel des Friedhofs auftauchte, sah er sich prüfend nach dem abgestellten Auto um. Er ging um den Friedhof herum. An seiner Südseite entdeckte er in einiger Entfernung die Umrisse des Wagens. Entschlossen wollte er darauf losgehen, duckte sich aber im gleichen Moment, zog den Kopf bis fast an die Knie herunter und schlich vorsichtig weiter. Er vernahm Geflüster.

Ein glückliches Herz wird verschreckt sein, Freude wird jäh zerstört, aber dafür kannst du nichts. Auf uns allen lastet gleich dem Himmelsgewölbe Chaos und Zerstörung. Früher einmal hatte Raouf Alwan gesagt, unsere Absichten wären zwar gut, doch es mangele uns an disziplinierter Ordnung.

Langsam näherte er, das heißt schlich er sich an das Tor und drückte den Griff herunter. Muffige Wärme schlug ihm entgegen. Das Tor flog auf, und im gleichen Moment rief er: »Keine Bewegung!«

Der furchtbare Schreck ließ beide aufschreien, die Köpfe fuhren in die Höhe, und beide starrten ihn voller Entsetzen an. Er hob den Revolver und fuhr sie grob an: »Bei der geringsten Bewegung schieße ich. Kommt raus!«

Kläglich bettelte Nur: »Bitte tun Sie uns nichts.«

Die Stimme des anderen klang heiser, erstickt, als wäre sein Mund voller Sand: »Was denn ... was wollen Sie denn?«

»Kommt raus.«

Nur stürzte ins Freie, ihr Kleid und ihre Wäsche waren zerknautscht. Ihr folgte der junge Mann, stolpernd versuchte er, in seine Hosen zu steigen. Said ließ ihm dazu nicht die Zeit, sondern hielt den Revolver näher an ihn heran, so daß er in weinerlichem Ton jammerte: »Nein, nein! Schießen Sie nicht ...«

Barsch und befehlend forderte Said: »Das Geld her!«

»Das Jackett ist noch drinnen!«

Er stieß Nur rückwärts. »Gehen Sie!«

Sie stöhnte, der Schlag hatte wirklich weh getan. »Lassen Sie mich bitte los.«

»Das Jackett!«

Als sie es gebracht hatte, suchte er hastig die Brieftasche, nahm das Geld heraus und warf sie ihm zu. »Du hast genau eine Minute, um dein Leben zu retten.«

Wie eine Sternschnuppe verschwand der junge Mann in der Dunkelheit. Said warf sich ins Auto, ließ den Motor an, und Nur stieg zu. Als der Wagen laut aufheulend anfuhr, war sie noch damit beschäftigt, sich anzuziehen. »Ich war so erschrocken, als hätte ich dich wirklich nicht erwartet.«

»Trink ein bißchen.«

Sie gab ihm die Flasche zurück, er nahm einen kräftigen Schluck und reichte sie ihr wieder zu. »Der Arme«, sagte sie, »seine Beine haben richtig gezittert.«

»Was hast du doch für ein gutes Herz. Was mich betrifft, so kann ich Fabrikbesitzer nicht ausstehen.«

Während sie sich ordentlich zurechtsetzte, sagte sie ernst und betont bedeutungsvoll: »Die Wahrheit ist, daß du überhaupt niemanden magst.«

Er hatte keine Lust, in dieser Weise einen Flirt anzufangen, und antwortete nicht. Als ihr klarwurde, daß sie in Richtung Abbasija fuhren, versuchte sie, wieder mit ihm ins Gespräch zu kommen: »Man wird mich mit dir sehen.«

Er hatte auch schon daran gedacht und entschloß sich, in eine Seitenstraße einzubiegen, die in Darasa endete. Er drosselte die Geschwindigkeit. »Eigentlich war ich heute nur in das Café Tarzan gekommen, um mir einen Revolver zu beschaffen und mich mit einem Taxifahrer, einem meiner alten Kumpel, zu verständigen. Aber siehst du, da hat mir doch das Glück ein Auto über den Weg geführt.«

»Siehst du nun ein, daß ich also doch immer mal ganz nützlich bin?«

»Immer. Du warst wunderbar, warum wirst du nicht Schauspielerin?«

»Zuerst war ich wirklich erschrocken.«

»Und dann?«

»Habe ich mich bemüht, in meiner Rolle überzeugend zu wirken, damit er mir gegenüber nicht mißtrauisch wird.«

»Der kann niemanden gegenüber mißtrauisch werden, dafür hat er viel zuwenig Grips.«

Sie drehte sich zu ihm und fragte: »Wofür brauchst du eigentlich den Revolver und das Auto?«

»Arbeitsgeräte.«

»Ach du liebe Güte! Seit wann bist du aus dem Gefängnis raus?«

»Seit vorgestern.«

»Und da denkst du schon wieder an so etwas?«

»Könntest du denn so einfach dein Gewerbe wechseln?«

Sie antwortete nicht, sondern blickte auf die dunkle Straße, deren Boden im Scheinwerferlicht glänzte. Hinter der Kurve tauchte der Berg auf wie ein noch schwärzerer Teil der Nacht. Zärtlich fragte sie: »Weißt du eigentlich, wie traurig ich war, als ich hörte, daß du im Gefängnis bist?«

»Wie denn?«

Sie konnte Enttäuschung und Wut nicht länger unterdrücken. »Wann hörst du endlich einmal damit auf, über alles zu spotten?«

»Aber ich bin doch ganz ernst und glaube dir, daß du es ehrlichen Herzens meinst.«

»Du scheinst überhaupt kein Herz zu haben.«

»Vielleicht sitzt es noch im Gefängnis.«

»Du viel eher. Ohne Herz sitzt du immer im Gefängnis.«

Warum bloß dieser Eifer, unbedingt mit mir über mein Herz zu sprechen? Frag doch lieber die Verräterin, frag diese Hunde und frag das Mädchen, das mich verleugnet. »Eines Tages werden auch wir Glück haben und das Herz finden.«

»Wo bleibst du heute nacht? Weiß deine Frau, wo du bist?«

»Glaub ich nicht.«

»Gehst du nach Hause?«

»Ich denke nicht, jedenfalls nicht heute nacht.«

»Dann komm doch mit zu mir«, bat sie ihn.

»Wohnst du allein?«

»Straße Nadjm ad-Din, hinter dem Friedhof Bab an-Nasr.«

»Welche Nummer?«

»Es ist das einzige Haus in der Straße. Unten ist eine Leinenhandlung, und dahinter ist der Friedhof.«

Said mußte lachen. »Was für eine einzigartige Lage.«

Sie lachte mit. »Kein Mensch kennt mich, mich hat dort auch noch niemand besucht. Du wärst der erste Mann, der meine Wohnung betritt. Sie liegt im obersten Stockwerk.«

Sie wartete auf eine Antwort, aber er schien ganz und gar darin aufzugehen, die Straße zu beobachten, die hier zwischen dem Berg und den Häusern enger wurde, von denen das erste Scheich Ali al-Djunaidi gehörte. Am oberen Teil der Darasa stoppte er und sagte: »Hier ist es für dich günstig, auszusteigen.«

»Dann kommst du also nicht mit?«

»Ich komme später.«

»Wo willst du denn jetzt noch hin, mitten in der Nacht?«

»Frag mich nicht. Du machst jetzt folgendes: Du gehst sofort zur Wache, erzählst ihnen wortwörtlich alles so, als ob du in keiner Weise daran beteiligt gewesen wärst. Beschreibst mich aber ganz anders, also meinetwegen dick, helle Haut, auf der rechten Wange die Narbe einer alten Verletzung. Erzähle ihnen, daß ich dich überfallen, beraubt und vergewaltigt hätte.«

»Vergewaltigt?«

Er ließ sich nicht unterbrechen. »Das Ganze hätte sich im Wüstengelände Zainhan abgespielt, ich hätte dich aus dem Auto gestoßen und wäre damit geflohen.«

»Kommst du wirklich zu mir?«

»Ja, mein großes Ehrenwort als Mann. Wirst du's auf der Wache so beschreiben? Kannst es ja so schön ausschmücken wie vorhin.«

»So Gott will.«

»Auf Wiedersehen.« Das Auto fuhr an.

7

Der Gipfelpunkt des Erfolges wäre es, wenn er beide zusammen töten könnte, Nabawija und Alisch. Und wenn er dann noch die Rechnung mit Raouf Alwan begleichen könnte, wäre das die Krönung. Dann würde er fliehen, wenn möglich ins Ausland.

Aber wer wäre dann bei Sina? Das ist der Stachel, der tief in meinem Herzen sitzt. Du läßt dich hinreißen, planst einfach blindlings darauf los, anstatt mit Verstand vorzugehen. Du mußt abwarten, alles sorgfältig planen und dann wie die Axt niedersausen. Aber kannst du denn überhaupt noch warten, jetzt wo du vielleicht schon verfolgt wirst? Seit allen bekannt ist, daß du frei bist, werden sie dich beobachten und verfolgen. Die Geschichte mit dem Auto macht alles nur noch schlimmer. Dazu noch die Brieftasche des Fabrikbesitzerssohns, die nur einige wenige Scheine enthielt – auch so ein Pech.

Wenn du jetzt nicht schnell genug zuschlägst, bricht alles zusammen. Aber was soll mit Sina werden? Der alte Schmerz, wenn sie mich auch verleugnet hat ... Soll ich dich deiner Mutter lassen, dir zuliebe großzügig sein? Ich muß jetzt die Antwort finden, sofort.

Er ging um das Haus herum, das an der Kreuzung dreier Gassen im Viertel Sikkat al-Imam lag. Es war tiefe Nacht. Den Wagen hatte er am Ende der Straße in Richtung des Qal'a-Platzes abgestellt. Die Geschäfte waren geschlossen, die Straße leer.

Niemand schien ihn zu erwarten. Zu dieser Stunde suchte jedes Geschöpf einen Unterschlupf, wie sollte ihn da jemand überraschen und zur Rede stellen? Aber selbst wenn sich einer auf sein Kommen vorbereitet hätte, würde ihn das nicht von seinem Entschluß abbringen, auf die Gefahr hin, daß Sina ganz allein bliebe.

Verrat ist eben etwas Abscheuliches, Herr Raouf.

Die eine Hand auf dem Revolver in seiner Tasche, beobachtete er die Fenster des Hauses.

Verrat ist widerwärtig, Alisch. Damit das Leben für die Lebenden sauber bleibt, muß man das verbrecherische Unkraut mit der Wurzel ausrotten.

Er hielt sich dicht an der Hauswand, kam an die Tür und trat ein. Vorsichtig erklomm er im Dunkeln die Treppe, erster Stock, zweiter, dritter. Da stand er also nun vor der Tür, hinter der sich die niedrigsten Begierden verbargen.

Wer würde wohl öffnen, wenn er klopfte? Ob Nabawija käme? Ist es möglich, daß der Spitzel anwesend wäre? Wie auch immer, das Feuer erwartete die Verbrecher, selbst wenn er die Wohnung erstürmen müßte. Nichts würde ihn jetzt davon abbringen zu handeln, und zwar sofort. Undenkbar, daß Alisch Sadra noch einen Tag atmen sollte, so doch Said Muhran wieder da war. Er aber würde fliehen und sich retten wie schon Dutzende Male zuvor, sekundenschnell eine

Mauer erklimmend, vom dritten Stock hinunterspringend, sogar fliegend, wenn es nötig wäre.

Wahrscheinlich wäre es das beste, einfach anzuklopfen. Aber würde das nicht Verdacht erregen, jetzt um diese Zeit? Nabawija würde so laut schreien, daß die Welt voller Staub wäre, sämtliche Feiglinge sich einfänden und der Inspektor erschiene ...

Vielleicht war es doch besser, die Glasscheibe einzudrücken – dieser Gedanke war ihm vorhin im Auto gekommen und schien ihm jetzt als der einzig richtige. Er zog den Revolver und schlug zwischen den gebogenen Gitterstäben das Glas ein. Klirrend fiel es herunter. Er ging näher an die Tür heran, richtete den Revolver in das Wohnungsinnere und versuchte, trotz der Dunkelheit etwas im Eingangsflur zu erkennen. Sein Herz klopfte.

Eine Männerstimme, Alisch Sadra – er erkannte sie trotz des verzerrten, echoartigen Halls. Eine Tür ging auf, schwacher Lichtschein drang hervor. Er erkannte die Umrisse eines Mannes, der vorsichtig näher kam. Said drückte auf den Abzug, die Kugel pfiff wie nächtliches Teufelsgeheul. Der Mann schrie auf, brach zusammen, schien ihn aber noch zu erkennen, bevor er auf den Boden fiel.

Gellendes, verzweifeltes Schreien setzte ein. Es war Nabawija, und er rief ihr zu: »Du kommst auch noch dran, du wirst mir nicht entkommen, ich bin der Teufel selbst!«

Er ging zur Treppe, sprang hinunter und kam in den Hausflur. Einen Moment lauschte er, dann trat er hinaus. Betont ruhig ging er an der Hauswand entlang. Er hörte noch, wie Fenster geöffnet wurden und Rufe sich mit Fragen vermischten.

Wieder im Auto, sah er einen Polizisten, der vom Platz zur al-Imam-Gasse lief. Er zog den Kopf ein und tauchte im Fond unter. Der Polizist lief weiter in die Richtung, aus der die Schreie kamen.

Said hielt sich noch eine Weile versteckt, bis die Schritte sich entfernt hatten. Denn setzte er sich vorsichtig auf, startete und fuhr langsam an. Er umfuhr den Platz mit normaler Geschwindigkeit, um ihn herum herrschte Lärm, drang in ihn ein, betäubte seine Sinne und ließ ihn nicht los, selbst als er schon weiter weg war. Der Schrecken lähmte ihn, er fuhr, ohne sich dessen bewußt zu sein. Er – ein Mörder! Aber da war noch Raouf Alwan, der emporgekommene, privilegierte Verräter, in Wirklichkeit viel gefährlicher als Sadra.

Mörder! Nun gehörst du also zur Mörderbande – eine neue Kategorie, ein neues Schicksal. Raub häßlicher Seelen statt kostbarer Dinge.

»Du kommst auch noch dran, du wirst mir nicht entkommen, ich bin der Teufel selbst! Sina zuliebe werde ich dir das Leben schenken, doch auf dich wartet eine viel schlimmere Strafe als der Tod – ständige Angst, die dich nicht zur Ruhe kommen lassen wird, solange du lebst.«

Er bog in die Mohammed-Ali-Straße ein, ohne

daß ihm das bewußt geworden wäre und ohne die geringste Idee, wohin er eigentlich wollte. Jetzt würden viele den Namen des Mörders wiederholen, also war es Zeit zu verschwinden. Er mußte sich mit allen Mitteln vor dem Galgen hüten, durfte dem Henker nicht die Gelegenheit bieten, ihn zu fragen: »Was wünschst du noch?« Mochte sich die Regierung diese Frage lieber für eine bessere Gelegenheit aufheben.

Er kam wieder zu sich und merkte, daß er sich fast am Ende der Armee-Straße befand und damit wieder in Richtung Abbasija fuhr. Seltsame Rückkehr zu der Stelle, wo ihm die größte Gefahr drohte. Der Gedanke beunruhigte ihn. Er drosselte die Geschwindigkeit und war einige Minuten darauf in Manschija Bakri. An der ersten Abzweigung der Hauptstraße hielt er, stieg aus, ohne sich nach links oder rechts umzusehen, und ging gemächlich wie ein Spaziergänger weiter.

Erst jetzt spürte er, daß die Spannung langsam von ihm wich. Es war ein fast körperlicher Schmerz, mit dem er nun die große nervliche Anspannung bezahlte. Wo sollte er hin? Die Stunde bot ihm keine Zuflucht, niemals mehr würde er genau wissen, wo er bleiben sollte. Zu Nur? Es wäre leichtsinnig, ausgerechnet in dieser Nacht zu ihr zu gehen, der Nacht der Tat, aber auch des Verdachts. Möge doch Dunkelheit für ewig über allem ruhen!

8

Er stieß die Haustür des Scheichs auf, die ohne Widerstand nachgab, und trat in den offenen Hof. Die hochragende Palme schien bis in den Himmel zu den Nachtsternen zu reichen.

Der richtige Ort, um fürs erste zu verschwinden, dachte er.

Die Zimmertür war offen, auch jetzt, in der Nacht. Der Raum lag im Dunkeln. Es war, als erwartete man ihn. Behutsam trat er ein und hörte ein Murmeln, dem er nur ab und zu das Wort »Allah« entnehmen konnte. Gleichmäßig floß es weiter, als wäre sein Eintreten nicht bemerkt worden oder als wollte es keiner bemerken. Er ging in die Ecke, wo seine Bücher lagen, und ließ sich, so, wie er war, mit Anzug, Schuhen und Revolver, auf der Matte nieder. Erschöpft streckte er die Beine weit von sich, stützte sich auf die Arme und legte den Kopf nach hinten. In seinem Schädel brummte es wie in einem Bienenstock.

Wie würde sich alles lösen, wo war der Ausweg? Das Pfeifen der Kugel, die Hilferufe Nabawijas – all das war eigentlich nicht so schlimm, du könntest es immer wieder hören, solange du nicht Sina, deine geliebte Tochter Sina schreien hören mußt …

An sich wäre es richtig, den Scheich zu grüßen und ihm »Frieden sei mit dir« zu sagen, aber selbst deine Stimme hat keine Kraft mehr. Die jähe Schwäche war wie ein Ertrinken. Eigentlich hattest du erwartet, daß du sofort in tiefen Schlaf fallen würdest, sobald du dich nur hinlegst. Aber Angstschauer lassen diejenigen zittern, die ihren Herrn fürchten, und ihre Seelen und Herzen flüchten sich ins Gebet zu Gott.

Wann schläft eigentlich dieser seltsame Scheich?

Sieh da, endlich und zum erstenmal wurde seine Stimme lauter und deutlicher. Fast singend sagte er: »Alles an Liebe ist nur Leugnung, was mir nicht dient zur Bezeugung.« Als er weiterredete, steigerte er sich noch, und seine Stimme schien den ganzen Raum auszufüllen. »Die Augen ihrer Herzen wurden geöffnet und die Augen ihrer Hirne geprägt.«

Trotz aller Qualen mußte Said lächeln und dachte: Deshalb nimmt er mich auch nicht wahr. Aber ich spüre mich ja kaum selbst.

Ganz unerwartet wurde er eins mit der Ruhe der Nacht, wiegte sich in ihren Wellen. Ihn überkam die Erinnerung an eine lang zurückliegende, schlaflose Nacht, in der ihm eingefallen war, daß man ihm für den nächsten Tag etwas ganz besonders Schönes versprochen hatte – was das gewesen war, hatte er vergessen. Er war damals aufgestanden, froh darüber, daß das quälende Liegen ein Ende hatte, und hatte vom Fenster aus das zarte Blau der Morgendämmerung und das Lächeln des Sonnenaufgangs beobachtet. Vor Freude über das bevorstehende Glück hatte er in die Hände geklatscht. Was dies wohl gewesen sein mag? Seit diesem Morgen liebte er die Stunde der Morgendämmerung, wegen ihrer Bläue, ihres Gesangs, ihres Lächelns und des vergessenen Glücks. Nun war sie also wieder da, diese Stunde, aber wie kraftlos und müde er war. Er konnte sich kaum bewegen, schon gar nicht den Revolver handhaben.

Der Scheich erhob sich zum Gebet und zündete die Lampe an. Noch immer schien er ihn nicht bemerkt zu haben. Er glättete den Gebetsteppich, nahm darauf Platz und fragte unvermittelt: »Verrichtest du nicht das Morgengebet?«

Said war zu müde zum Antworten. Als der Scheich mit dem Gebet begann, nahm er schon nichts mehr wahr.

Er träumte, er wäre im Gefängnis und würde ausgepeitscht, obwohl er sich gut betragen hatte. Er schrie – ohne die geringste Spur von Stolz oder Widerstand –, und gleich darauf gab man ihm Milch zu trinken. Er sah die kleine Sina, die im Treppenaufgang mit der Peitsche über Raouf Alwan herfiel. Als er eine Stimme den Koran rezitieren hörte, glaubte er, jemand wäre gestorben. Dann wieder sah er sich selbst in einem Auto, er wurde verfolgt, aber der Motor war nicht in Ordnung, und er kam kaum von der Stelle. Er mußte in alle vier Richtungen schießen. Aber plötzlich streckte sich aus dem Autoradio Raouf Alwan heraus und packte sein Handgelenk. Noch bevor er ihn fassen konnte, überwältigte Raouf ihn und entriß ihm den Revolver. Da schrie er auf: »Töte mich, wenn du willst, aber meine Tochter ist unschuldig. Nicht sie hat dich ausgepeitscht, es war ihre Mutter – ihre Mutter Nabawija auf Weisung von Alisch Sadra!« Dann wieder sah er sich in der Runde der nächtlichen Gebetsübungen, in deren Mitte der Scheich Ali al-Djunaidi stand, damit er ihn, wie er glaubte, vor den Augen der Verfolger verbergen konnte. Aber der Scheich verleugnete ihn und fragte: »Wer bist du? Wie kommst du hierher?« – »Aber ich bin doch Said Muhran«, antwortete er verzweifelt, »der Sohn von Amm Muhran, dein ehemaliger Jünger!« Er erinnerte ihn an die Palme, an den Gebetskreis und die vergangenen schönen Tage. Aber der Scheich wollte seinen Personalausweis sehen, was Said kaum glauben konnte, denn ein Jünger benötigte doch keinen Ausweis, und er hätte doch in der Glaubenslehre immer Rechtschaffenheit von Sünde zu unterscheiden gewußt. Aber der Scheich antwortete ihm, daß er den Ausweis sehen wolle, um sich zu überzeugen, daß er ein Sünder wäre, denn die Aufrechten könne er nicht leiden. Da gab ihm Said seinen Revolver und sagte: »Jede fehlende Kugel zeigt dir einen Ermordeten an.« Aber immer noch forderte der Scheich den Ausweis, dieses Mal mit dem Hinweis, daß die Anordnungen der Regierung in diesem Punkt unnachgiebig wären. Said wunderte sich wieder, fragte, was denn die Regierung mit der Glaubenslehre zu tun hätte. »All das«, so antwortete der Scheich, »geschieht auf Vorschlag des großen Meisters Raouf Alwan, des Kandidaten für die Funktion des Oberscheichs« – und Said staunte zum drittenmal. Raouf, sagte er ihm, sei doch ganz einfach ein Verräter und denke an nichts anderes als an Verbrechen. Aus diesem Grund, bestätigte der Scheich, würde er ja für dieses wichtige Amt kandidieren, er hätte auch versprochen, eine neue Auslegung des heiligen Korans vorzutragen, die jeglichem Menschen alles ermöglicht, vorausgesetzt, seine Kaufkraft reiche aus. Die Überschüsse aus diesen Geldern würden dazu genutzt werden, Schießklubs, Jagdklubs und Selbstmordvereinigungen einzurichten. Said antwortete, daß er gern bereit wäre, als Schatzmeister in der Verwaltung der neuen Auslegung zu arbeiten, damit Raouf Alwan seine Zuverlässigkeit erleben könnte, was einem seiner ersten und besten Schüler zustünde. Darauf las der Scheich die Eröffnungssure, hängte die Lampen an den Stamm der Palme, und der Sänger jubelte laut: »O Menschen Ägyptens, seid beglückwünscht, denn Hussein ist mit euch.«

Said öffnete die Augen, alles um ihm hatte einen rötlichen Glanz. Aber er sah nichts, verstand nichts. Erst allmählich traten die Umrisse des Scheichs deutlicher hervor, der ruhig, mit gekreuzten Beinen dasaß, eingehüllt in das Schneeweiß des weitfallenden, langen Gewandes, der baumwollenen Kappe und des Bartes. Als Said sich bewegte, blickte der Scheich ihn mit der gleichen Ruhe an. Said setzte sich hastig auf und sah ihn schuldbewußt an, denn plötzlich, mit der Schnelligkeit einer um sich greifenden Flamme, lebte die Erinnerung wieder in ihm auf. Der Scheich sagte: »Wir haben schon Nachmittag, und du hast noch nichts gegessen.«

Said blickte zu dem kleinen Fenster, dann wieder zum Scheich und wiederholte verlegen: »Schon Nachmittag?«

»Ja, ich habe mir gesagt, laß ihn schlafen, denn dieses Geschenk beschert uns Gott, wann er will.«

Unruhe überfiel Said – hatte ihn jemand gesehen, während er den ganzen Tag hier lag? »Als ich schlief, hatte ich das Gefühl, viele Leute seien hergekommen.«

»Du hast gar nichts gefühlt. Es war nur jemand da, der das Mittagessen gebracht hat, und dann noch einer, der den Feigenbaum und die Palme gegossen und den Hof mit Matten ausgelegt hat, damit für heute abend, wenn die Freunde kommen, alles vorbereitet ist.«

»Wann kommen sie denn, mein Gebieter?« fragte er interessiert.

»Bei Sonnenuntergang. Wann bist du denn gekommen?«

»Bei Sonnenaufgang.«

Der Scheich schwieg lange und strich sich den Bart. »Du bist sehr unglücklich, mein Sohn.«

»Wieso?«

»Du hast lange geschlafen, aber Ruhe hast du nicht gefunden – wie ein Kind, das man in die heiße Sonne gelegt hat. Dein brennendes Herz sehnte sich nach Schatten, aber die Geschosse der

Sonne hinderten es, zu ihm zu gelangen. Hast du noch nicht laufen gelernt?«

Said rieb sich die geröteten Augen. »Ein unangenehmer Gedanke – du schläfst, und die anderen sehen dich.«

Gleichgültig sagte der Scheich. »Wer sich den Dingen entzieht, von dem entfernen sich die Dinge.«

Saids Hand glitt vorsichtig über die Tasche, in der der Revolver war, und dachte dabei, was wohl der Scheich machen würde, wenn er auf ihn zielen würde. Wann und wodurch könnte man nur diese aufreizende Ruhe zerstören?

»Bist du hungrig?« fragte der Scheich.

»Nein, gar nicht.«

»Wenn Armut zu Gott führt, so ist der ganze Reichtum auch bei Gott zu finden«, sagte der Scheich mit einem kleinen Lächeln in den Augen.

»Ja, wenn!« wiederholte Said und fuhr spöttisch fort. »Was hätten Sie denn getan, mein Gebieter, wenn Sie so ein harter Schicksalsschlag getroffen hätte wie der mit meiner Frau und meiner Tochter?«

In den klaren Blick des Scheichs mischte sich Bedauern. »Der Diener Gottes hat, solange er mit Gott ist, keinen Grund ...«

Hüte deine Zunge, bevor du dich verrätst und alles eingestehst, denn eigentlich möchtest du ihm doch dein Herz ausschütten ... Aber vielleicht ist das gar nicht nötig, vielleicht weiß er schon alles, hat gesehen, wie du geschossen hast, und sieht auch jetzt viel mehr als das, was um ihn ist …

Unter dem Fenster rief jemand die Zeitung »Abu l'Haul« aus. Said stand eilig auf, ging zum Fenster und holte den Verkäufer zurück. Er gab ihm einen Piaster, setzte sich mit der Zeitung hin und vergaß den Scheich.

Seine Augen blieben an der fettgedruckten Schlagzeile hängen: »Abscheuliches Verbrechen in Qal'a«. Hastig überflog er die Zeilen und verstand allmählich gar nichts mehr. War das denn ein anderes, zweites Verbrechen? Aber nein – da war doch ein Foto und daneben das von Nabawija und Alisch Sadra. Aber wer war der andere, blutbeschmierte? Vor seinen Augen lag seine Geschichte ausgebreitet, bloßgestellt, ausgestreut wie der Staub des Chamasin-Windes: der Mann, der aus dem Gefängnis kam und seine Frau mit einem seiner Freunde verheiratet fand. Aber wer war denn bloß dieser blutende Mann?

Da half nichts, er mußte alles noch einmal lesen, um herauszubekommen, wer das war und wieso seine Kugel ihn getroffen haben sollte. Kein Zweifel, der Tote war jemand, dessen Bild er zum erstenmal in seinem Leben sah! Da stand es: Alisch Sadra und Nabawija hatten noch am gleichen Tag, an dem er sie besucht hatte, das Haus verlassen. In ihre Wohnung war eine andere Familie eingezogen, die dafür vielleicht noch Bestechungsgeld bezahlt hatte.

Die Stimme, die er gehört hatte, war also nicht

die von Alisch Sadra gewesen und die Schreie nicht die von Nabawija. Auf dem Boden zusammengebrochen war Scha'aban Hussein, Arbeiter in einem Eisenwarenladen in der Mohammed-Ali-Straße. Said Muhran war gekommen, um seine Frau und seinen alten Freund zu töten, und hatte statt dessen den neuen Mieter Scha'aban Hussein erschossen. Einer der Nachbarn hatte bezeugt, daß er unmittelbar nach dem Verbrechen Said Muhran beim Verlassen des Hauses gesehen hätte. Er hätte dann nach der Polizei gerufen, aber seine Stimme wäre im allgemeinen Lärm untergegangen.

Was für eine irrsinnige Niederlage, was für eine Sinnlosigkeit! Ihn erwartete der Strick, und Alisch war in Sicherheit!

Als er sich seiner Lage bewußt wurde, war ihm, als hätte er in eine tiefe Grabesgruft geblickt. Er ließ die Zeitung sinken und sah zu Scheich Ali al-Djunaidi hinüber, der durch das kleine Fenster zum Himmel emporschaute und vor sich hin lächelte. Aus irgendeinem Grund machte ihm dieses Lächeln Angst. Am liebsten wäre auch er ans Fenster getreten, um jenen Blicken zu folgen und vielleicht dort, am Himmel, zu entdecken, was den Scheich so erheiterte.

Laß ihn doch lächeln und seinen Geheimnissen nachschauen, ich muß bleiben, wo ich bin ... Aber bald würden doch seine Jünger kommen, vielleicht hatten einige von ihnen schon sein Bild in der Zeitung gesehen und würden ihn wiedererkennen. Tausende und aber Tausende betrachteten es sich jetzt in der Zeitung – mit Staunen, Angst, aber auch mit einem leichten, angenehmen Schauer. Er hatte völlig sinnlos einen Mann umgebracht und würde dafür verfolgt werden bis zum letzten Atemzug; selbst sein Spiegelbild würde ihn immer wieder warnen. Lebend – aber ohne Leben, wie ein einbalsamierter Leichnam, von Loch zu Loch huschend wie eine Maus, die von Gift, Katzen und den Stöcken der sich Ekelnden bedroht wird. All das stand ihm bevor, und seine Feinde würden frohlocken ...

Der Scheich drehte sich zu ihm um. »Du bist erschöpft. Stehe auf und wasche dir das Gesicht.«

Said faltete die Zeitung zusammen und antwortete bedrückt: »Ich werde fortgehen und Sie von meinem Anblick befreien.«

Sanft und freundlich entgegnete der Scheich: »Das ist dein Zufluchtsort.«

»Ja, aber vielleicht habe ich noch einen anderen?«

Der Scheich senkte den Kopf und sagte leise: »Hättest du einen anderen, wärst du nicht zu mir gekommen.«

Ich werde in die Berge gehen und warten, bis es dunkel ist. Meide das Licht und genieße die Dunkelheit. Du bist müde und hast nichts erreicht. Diesen Scha'aban Hussein hast du getötet. Wer bist du, Scha'aban Hussein? Ich kenne dich nicht und du mich nicht. Hast du Kinder? Hättest du dir jemals vorgestellt, daß dich jemand tötet, den du nicht kennst und der dich nicht kennt? Wärst du je auf den Gedanken gekommen, daß dich jemand ohne jeden Grund tötet? Daß du sterben mußtest, weil Nabawija Sulaiman Alisch Sadra geheiratet hat? Daß man dich aus Versehen erschießen würde und nicht, wie es richtig gewesen wäre, Alisch oder Nabawija oder Raouf? Ich, der Mörder, verstehe nichts mehr. Selbst Scheich Ali al-Djunaidi könnte das nicht verstehen. Ich wollte ein Rätsel lösen und bin auf ein noch größeres, undurchsichtigeres gestoßen ... Er seufzte.

»Wie erschöpft du bist«, sagte der Scheich noch einmal.

»Diese Welt ist so beschwerlich.«

Zufrieden lächelnd antwortete er: »Du hast sie doch aber des öfteren auch gelobt.«

Said stand auf und sagte im Weggehen: »Lebe wohl, mein Gebieter.«

Als wollte er dagegen Einspruch erheben, erwiderte der Scheich: »Gleichgültig wie du es gemeint hast, dein Gruß ist sinnlos. Sage lieber ›Auf Wiedersehen‹.«

9

Stockfinster war es.

Könntest du dich in eine Fledermaus verwandeln, wäre das günstiger.

Aus irgendeiner Wohnung kam noch jetzt, zur Nachtzeit, ein durchdringender Ölgeruch.

Wann würde Nur zurückkommen? Ob sie allein käme? Ob es möglich wäre, in ihrer Wohnung zu bleiben, bis man mich vergessen hätte? Vielleicht denkst du, Raouf, daß du mich nun für ewig los bist? Aber mit diesem Revolver kann ich noch schöne Sachen anstellen, vorausgesetzt, daß das Schicksal mir nichts in den Weg stellt. Mit diesem feinen Ding werde ich die Schlafenden wecken, denn sie sind die Ursache allen Übels, sie haben die Nabawijas, Alischs und Raoufs ermöglicht ...

Ihm schien, als hörte er Schritte,die die Treppe heraufstiegen. Er beugte sich über das Geländer und erblickte einen schwachen Lichtschein, der sich langsam an der Wand entlang bewegte.

Das könnte der Schimmer von Streichhölzern sein, dachte er.

Langsam und bedächtig näherten sich die Schritte. Er hielt es für besser, auf sich aufmerksam zu machen, um unliebsamen Überraschungen vorzubeugen. Er räusperte sich. Erschreckt rief jemand: »Wer ist da?«

Er beugte sich so weit wie möglich hinunter und sagte leise: »Said Muhran.«

Die Schritte wurden schneller, und dann stand

sie keuchend vor ihm, so daß die Streichholzflamme flackerte und schließlich ganz verlöschte. Erregt nahm sie ihn am Oberarm und sagte glücklich, aber immer noch nach Luft ringend: »Du bist es ... Entschuldige, hast du lange gewartet?«

Sie öffnete die Wohnungstür, trat ein und zog ihn am Arm hinterher. Der Flur war lang und schmal, ohne Möbel oder Bilder. Eine Tür führte in ein quadratisches Zimmer mittlerer Größe. Nur ging zum Fenster und öffnete es, um frische Luft hereinzulassen.

Er warf sich auf eines der beiden Sofas, die einander gegenüberstanden, und sagte vorwurfsvoll: »Ich war schon um Mitternacht hier, habe vom Warten fast graue Haare bekommen.«

Sie setzte sich auf das andere Sofa, nachdem sie sich leichter und bequemer angezogen hatte. »Ehrlich gesagt, ich hatte nicht mehr im geringsten daran geglaubt, daß du wirklich kommst.«

Ihre Augen trafen sich. Er lächelte, um sie über all das, was ihn quälte, hinwegzutäuschen. »Obwohl ich es doch fest versprochen hatte?«

Sie lächelte zurück, umging aber die Antwort. »Die haben mich gestern auf der Wache so fürchterlich ausgefragt, daß ich fast gestorben wäre. Wo ist das Auto?«

Er zog Jackett und Hemd aus, legte beides neben sich, wobei er darauf achtete, daß die Jacke das verschwitzte und staubige Hemd zudeckte. »Ich war klug genug, es stehenzulassen, obwohl ich es dringend brauche. Man wird es finden und dem Besitzer zurückgeben – die Behörden müssen doch einigen Dieben auch einen Gefallen tun.«

Beunruhigt fragte sie: »Wo warst du denn gestern mit dem Auto?«

»Eigentlich nirgends. Du wirst alles zur rechten Zeit erfahren.« Er schaute zum Fenster hinaus und atmete tief durch. »Das muß die Nordseite sein, denke ich. Die Luft ist wunderbar.«

»Bis zur Bab an-Nasr ist alles unbebaut. Hier ist nur der Friedhof.«

Er lachte: »Vielleicht ist deshalb die Luft so unverdorben.«

Sie sieht dich voller Begierde an, aber du ärgerst dich nur. Du kannst nichts vergessen, lebst mit der Erinnerung daran, daß dein Stolz verletzt worden ist.

Nur kam auf den Ausgangspunkt des Gesprächs zurück. »Es tut mir sehr leid, daß du so lange auf der Treppe warten mußtest.«

Er sah sie prüfend an. »Ich werde mich für längere Zeit bei dir als Gast einquartieren müssen.«

Sie strahlte ihn an. »Wenn du willst, kannst du lebenslang bleiben.«

Er zeigte zum Fenster hinaus und sagte mit einem ironischen Lächeln: »Bis ich dann zu den Nachbarn hinüberwechsle.«

Sie schien nicht zugehört zu haben, sondern fragte nachdenklich: »Wird dich denn deine Familie nicht erwarten?«

Er sah auf die Schuhspitzen hinunter. »Ich habe keine Familie.«

»Ich meine, deine Frau.«

Dann meinst du den Schmerz, den Wahnsinn und die verlorene Kugel. Du willst ein Geständnis, das mich verletzen würde, und könntest doch nur entdecken, daß gar nichts einfacher wird, wenn man sich über alles, auch über die geheimsten Gedanken ausspricht. Das würde alles noch schwerer machen. Aber andererseits, was sollte die Geheimnistuerei, wo doch die Zeitungen alles laut herausschrien?

»Ich habe doch gesagt, daß ich keine Familie habe.«

Jetzt überlegst du, was das heißen soll, dein Gesicht wird immer glücklicher. Ich hasse das. Wenn du lächelst, sehe ich bloß, wie welk deine Haut unter den Augen ist.

»Bist du geschieden?« fragte sie.

Sein Ärger wuchs. »Ich wurde geschieden, als ich noch im Gefängnis saß. Lassen wir das.«

»Dieses gemeine Aas!« rief sie aus. »Auf so jemanden wie dich wartet man, selbst wenn es für ewig wäre.«

Nicht ungeschickt, bloß ich mag es nicht, wenn ich bedauert werde. Hör lieber damit auf. Alles ist sinnlos, wie die verirrte Kugel, die einen Unschuldigen getroffen hat.

»Um ehrlich zu sein, ich hatte sie ziemlich vernachlässigt.«

»Trotzdem, so eine Frau verdient dich nicht.«

Da hast du recht, das trifft sogar für jede zu. Aber sie war wenigstens voller Leben – du taumelst über einem Abgrund, ein einziger Windhauch, und du stürzt hinein. Außer Mitleid empfinde ich eigentlich nichts für dich.

»Ein anderer kann sich schlecht in meine Lage einfühlen.«

Sie lachte, als wäre sie überzeugt davon, daß sie ihn für immer bei sich hätte. »Ich werde dich hegen und pflegen, dich hüten wie meinen Augapfel.« Zaghaft, fast bittend erkundigte sie sich: »Hast du etwas Gefährliches gemacht?«

Er zuckte verächtlich mit den Schultern.

Sie stand auf. »Ich richte den Tisch her, es ist genug zu essen und zu trinken da. Weißt du noch, wie grob du immer zu mir warst?«

»Ich hatte eben keine Zeit für die Liebe.«

Sie musterte ihn tadelnd. »Gibt es denn etwas Wichtigeres? Ich habe mir damals gesagt, vielleicht hat er ein Herz aus Stein. Trotzdem war niemand so traurig wie ich, als du ins Gefängnis kamst.«

»Deswegen habe ich mich ja auch gerade zu dir geflüchtet.«

»Du hast mich doch überhaupt nur durch Zufall getroffen«, erwiderte sie unwillig. »Wahrscheinlich hattest du mich ganz vergessen.«

»Meinst du, ich könnte nicht woanders hingehen?«

Vor Angst, daß er zornig werden könnte, trat sie zu ihm, umschloß sein Gesicht mit beiden Händen und sagte entschuldigend: »Ich hatte vergessen, daß der Polizist den Besuchern im Zoo verbietet, den Löwen zu ärgern. Entschuldige! Dein Gesicht ist ganz heiß, rasieren müßtest du dich auch. Was meinst du zu einer kalten Dusche?«

Er lächelte zustimmend.

»Auf ins Bad«, sagte sie. »Wenn du wiederkommst, ist der Tisch gedeckt. Wir essen im Schlafzimmer, da ist es gemütlicher als hier. Und man hat die gleiche Aussicht, nämlich auf den Friedhof.«

10

Was für eine Menge Gräber! Bis zum Horizont, die Arme zum Himmel emporreckend, obwohl sie doch niemand und nichts mehr bedrohen konnte.

Stadt des Schweigens und der Wirklichkeit, Begegnungsstätte von Erfolg und Niederlage, von Mörder und Ermordetem, Vereinigung von Dieben und Polizisten, die zum ersten und letzten Male friedlich Seite an Seite ruhen.

Nur atmete tief und gleichmäßig, sicher würde sie bis zum späten Nachmittag durchschlafen.

Du wirst also in diesem Gefängnis so lange bleiben müssen, bis die Polizei dich vergessen hat. Aber wird sie das überhaupt? In gewisser Weise verrät der Tod die Lebenden, die Gräber erinnern daran, auch an den Verrat Nabawijas, Alischs und Raoufs. Du selbst bist eigentlich schon tot, seit du die blinde Kugel abgeschossen hast. Was hilft es, du wirst noch öfter schießen müssen ...

Als er ein gähnendes Seufzen hörte, trat er vom Fenster zurück. Nur saß im Bett, halbnackt, mit zerzaustem Haar und unglücklichem Gesicht. Als sie ihn sah, lächelte sie froh: »Ich hatte geträumt, du wärst weg. Halb wahnsinnig bin ich vom Warten geworden.«

Unwillig antwortete er: »Es war ja nur ein Traum. In Wirklichkeit wird es so sein, daß du weggehst und ich warten muß.«

Sie ging ins Bad. Als sie zurückkam, trocknete sie sich im Gehen Haare und Gesicht.

Er sah ihr zu. Ihr Gesicht wirkte nun frischer, auch jünger und glücklicher. Sie war ungefähr so alt wie er, etwas über dreißig, versuchte aber, jünger auszusehen. Alles nur wegen läppischer, lasterhafter Dinge. Wenn sie wenigstens noch gestohlen hätte!

Als er sie zur Tür brachte, bat er: »Vergiß nicht, die Zeitungen mitzubringen!«

Die Tür fiel ins Schloß. Er ging zurück ins Zimmer und warf sich aufs Sofa. Er war allein, in des Wortes wahrster Bedeutung, sogar seine Bücher hatte er bei Scheich Ali al-Djunaidi vergessen. Er starrte zur ehemals weißen Zimmerdecke, die nunmehr grau aussah und von Rissen durchzogen war. Sie schien ein Spiegel zu sein, der die Einfachheit des Zimmers widergab. Das Fenster ließ den Blick auf den Himmel frei, der ihm schon bald den Sonnenuntergang ankündigte. Ab und zu flog ein Taubenschwarm vorbei.

Wie bedrückend war das doch, Sina, als du so erschrakst – traurig war das wie der Anblick der Gräber. Ich weiß nicht, ob wir uns noch einmal treffen werden. Wann und wo? Du wirst mich nicht liebenlernen können in dieser Welt verirrter Kugeln. Wie sie, so verirren sich auch die Wünsche und bringen nur eine Reihe neuer, trauriger Erlebnisse mit sich ...

Begonnen hatte das eigentlich schon im Studentenheim im Gizeh-Viertel. Alisch Sadra war damals ein Niemand gewesen, nicht mehr als ein zufälliger Besucher. Nabawija aber hatte ihn sogleich gefesselt, ihn bis ins Innerste erschüttert. Daran hätte sich selbst dann nichts geändert, wenn sich vom späteren Verrat auch nur die kleinste Spur gezeigt hätte. Das listenreiche Spiel lernt man erst dann zu durchschauen, wenn sich die Schönheit voll offenbart hat.

Vor dem Studentenheim lag der Gemüseladen, in dem Nabawija immer mit einem Korb einkaufen ging. Sie war adrett, aber nicht auffallend gekleidet, und allgemein galt sie als hübscher als andere Dienerinnen. Man wußte, daß sie bei einer alten türkischen Frau arbeitete, die alleine in dem Haus lebte, das am Ende der Straße lag und von einem großen Garten umgeben war. Sie war reich und arrogant; jedem, der zu ihrem Haushalt gehörte, schrieb sie vor, daß er sauber und ordentlich auszusehen hätte. Nabawijas Haare waren zu einem langen Zopf geflochten, sie trug leichte Pantoffeln, das Gewand umschloß einen kräftigen, lebensvollen Körper. Selbst die, die von ihrem Anblick nicht so hingerissen waren wie er, sagten von ihr, daß sie der Typ einer wirklich hübschen Bäuerin wäre und obendrein noch viel Geschmack hätte. Sie hatte ein rundes Gesicht, das manchmal teilweise von einem Schleier bedeckt war, bräunliche Augen, eine kleine fleischige Nase, einen Mund, der Lebenslust verriet, und einen grünen Farbtupfer, gleich einem Leberfleck, auf dem Kinn.

Er hatte nach Dienstschluß an der Tür des Studentenheims gestanden und den Teil der Straße beobachtet, wo sie auftauchen mußte. Sah er dann ihren aufrechten Körper, ihren wunderbaren Gang, so erwachten in ihm die schönsten Lebensgefühle, und ihm war, als hörte er süße Musik, die sie begleitete.

Deine Augen folgten ihr wie im Rausch, suchten sie unter den Dutzenden, die vor dem Gemüseladen standen; mal war sie verschwunden, mal tauchte sie wieder auf. Du wurdest immer verliebter, suchtest immer verzweifelter nach einem Zeichen von ihr, einem Gesprächsanfang, einem Zauberspruch. Aber schon ging sie wieder die Straße zurück und gab damit das Warnsignal, daß sie für den Rest des Tages und die ganze Nacht verschwinden würde. Nichts blieb, als bitter zu seufzen, der Rausch verging nur langsam. Selbst die Spatzen schienen in den Kronen der Straßenbäume zu schweigen, und es war, als läge Herbststimmung in der Luft.

Aber dann kam der Tag, an dem dir plötzlich auffiel, daß sie anders ging als sonst. Sie wiegte sich beim Gehen stolz in den Hüften, als wüßte sie genau, daß ein Mann ihr sehnsüchtig nachstarrte. Damals warst du nicht länger stehengeblieben, sondern warst ihr, ohne lange zu überlegen, einfach nachgelaufen und hattest dich ihr in den Weg gestellt. Heute noch weißt du die Stelle, es war am Rande der Felder, wo eine einzige Palme stand. Mit ungeahntem Mut bliebst du vor ihr stehen, bis sie ganz verwirrt war – oder zumindest so tat – und dich empört fragte, wer du wärest. Du hattest erstaunt geantwortet, wie sie auf diese Frage käme. »Weißt du das denn nicht? Ich bin doch der, der dich mit seinen Blicken schon lange verfolgt, der alles an dir genau kennt, dein ganzes Wesen.«

Sie reagierte empört und sagte, Unhöflichkeit könne sie nicht ausstehen.

»Ich auch nicht«, hatte ich gesagt, »im Gegenteil, ich liebe Höflichkeit, Schönheit, Liebenswürdigkeit. Und all das bist du. Wenn du noch nicht weißt, wer und wie ich bin, dann werde ich dir den Korb abnehmen und dich nach Hause begleiten.«

Sie hätte meine Hilfe nicht nötig, hatte sie erwidert und beim Weitergehen gedroht, daß ich mich ihr ja nicht ein zweites Mal in den Weg stellen solle. Aber irgendwie war ich von einem leichten Lächeln ermutigt, das sich im vorgetäuschten Unwillen verlor.

»Geh zurück«, hatte sie gesagt, »meine Herrin sitzt am Fenster und wird dich sehen, wenn du einen einzigen Schritt weitergehst.«

»Ich bin hartnäckig. Wenn du willst, daß ich zurückgehe, dann nur mit dir. Wir können doch bis zu der Palme gehen und noch ein wenig reden. Warum denn nicht? Oder gefalle ich dir nicht?«

Heftig hatte sie den Kopf geschüttelt, aber zugleich den Schritt verlangsamt. Sie war zornig, wütend, ging aber langsamer. Ihr Hals war angespannt wie bei einer Katze, die zum Sprung ansetzt. Aber sie blieb ruhig und zahm. Ich zweifelte nicht mehr daran, daß ich es geschafft hatte und daß sie zumindest einige meiner Gefühle teilte.

Wahrscheinlich hatte sie ganz genau gewußt, wann ich vor dem Studentenheim stand und warum. Sie schien zu ahnen, daß das, was mit Blicken angefangen hatte, eine ernste Sache werden könnte, die sich auf ihr und auf mein Leben auswirken würde.

»Bis morgen«, hatte sie dann gesagt, und ich war stehengeblieben, weil ich ihretwegen Angst vor dem scharfen Spott der alten Türkin hatte. Ich lief zu der Palme zurück, kletterte vor Freude hinauf und sprang dann die drei Meter auf den Boden hinunter, der mit Wasserkresse bepflanzt war. Als ich zum Studentenheim zurückging, sang ich mit meiner rauhen Stimme laut vor mich hin, als wäre ich ein Stier, den die Lebensfreude schüttelte.

Als ich dann gezwungen war, beim Zirkus az-Zajat zu arbeiten und von Viertel zu Viertel, von Stadt zu Stadt mitzuziehen, hatte ich Angst gehabt, daß sich bei ihr das Sprichwort »Aus den Augen, aus dem Sinn« bewahrheiten könnte. Also schlug ich vor, daß wir nach dem Gesetz Allahs und seines Propheten heiraten sollten. Wir standen am Eingang zur Universität, die ich ungerechterweise nie betreten durfte, in der aber Platz für so viele Dummköpfe war. Das war an einem Abend gewesen, als der Neumond groß und schwer am Himmel stand. Sie hatte vor Glück gestrahlt, eifrig bemüht, die Augen nicht vom Boden zu lösen. Das Licht des Neumonds fiel auf ihre schmale Stirn, die silbern schimmerte. Ich erklärte ihr, meine Arbeit wäre einträglich, meine Zukunft sähe blendend aus. In der Nähe des Hauses von Scheich Ali al-Djunaidi hätte ich eine Wohnung, zwar im Erdgeschoß, aber sehr sauber. »Du wirst den gesegneten Scheich kennenlernen, wenn wir heiraten«, hatte ich gesagt, und das sollten wir so schnell wie möglich tun, denn das wären wir schon unserer Liebe schuldig, die das ganze Leben dauern würde. Außerdem fände ich es an der Zeit, daß sie ihre alte Herrin verließe.

»Aber ich bin eine Waise«, hatte sie erwidert. »Ich habe niemanden mehr als eine Tante in Sidi al-Arbain.«

»In Gottes Segen stehst du dann«, sagte ich und küßte sie.

Die freudige Nachricht verbreitete sich schnell, jedermann sprach darüber. Az-Zajat hatte mir zehn Pfund geschenkt, und Alisch Sadra schien so glücklich, als wäre er derjenige, der heiraten würde. Wie gut hatte er die Rolle des ehrlichen, zuverlässigen Freundes gespielt und war es doch nie gewesen! Immer wieder wundert es mich, wie ich mich hatte täuschen lassen, ich, der alle Tricks kannte, der Schlaue, den selbst der Satan fürchtete – ich der Herr und er der Diener, der mich liebte, der mir schmeichelte, der es vermied, mich in Wut zu bringen, der von den Brotkrumen meiner harten Arbeit und meiner schlauen Kniffe lebte. Ich hatte wirklich geglaubt, daß er, hätte ich ihn mit Nabawija in die Wüste geschickt, in der unser Herr Moses herumgeirrt war, daß er selbst dort immer vor Augen gehabt hätte, daß ich zwischen ihm und Nabawija stand und daß er deshalb nie die Grenze der Wohlerzogenheit überschreiten würde. Und sie – wie konnte sie sich bloß vom Löwen abwenden und sich dem Hund ergeben? Ekelhafter Schmutz wird eben nicht appetitlich, man kann ihn nur ausspucken.

Aber die Kugeln dürfen sich nicht verirren – nicht Unschuldige gilt es zu treffen, sondern die Schurken und Halunken! Man darf nicht noch mehr Leid in die Welt bringen, die Herzen nicht mit Zorn füllen, der die Menschen an den Abgrund des Wahnsinns bringt und sie alles Gute vergessen läßt. Die Hochzeitsnacht, die Kindheit mit ihrer Fröhlichkeit und den Spielen in den Gassen des Viertels, die schöne Zeit der Liebe, als sie noch nicht faulig, verdorben war, die Geburt Sinas, die Stunde, in der man sie zum erstenmal sah, ihr erstes Weinen hörte, sie auf den Armen trug und auf das erste Lächeln stolz war – ach, hätte ich doch all das nur festgehalten, hätte ich mir diese Bilder nur genau eingeprägt! Wie sie erschrak, als sie mich wiedersah, wie gern möchte ich das Schreien auslöschen, das mir immer noch echogleich von den Grundpfeilern der Erde entgegenhallt, das die Quellen sprudelnden Wassers austrocknet, den frischen Lufthauch versiegen läßt und alle guten, warmen Gefühle abtötet …

Dunkelheit breitete sich draußen und im Zimmer aus und unterstrich das Schweigen der Gräber noch mehr. Licht konnte er nicht machen, denn alles mußte wie immer sein, wenn Nur außer Haus war.

Deine Augen werden sich schon an die Finsternis gewöhnen, sie haben ja auch das Gefängnis und die verhaßten Gesichter ertragen. Du darfst auch keinen einzigen Tropfen trinken, sonst machst du vielleicht eine unbedachte Bewegung oder sprichst laut vor dich hin. Wenn in der Wohnung Ruhe herrscht, Ruhe wie im Grab, dann werden selbst die Toten nicht merken, daß du da bist. Allah allein weiß, welche Geduldsprobe du in diesem Gefängnis noch zu bestehen hast und für wie lange. So wie auch er allein wußte, daß du Scha'aban Hussein töten würdest und nicht Alisch Sadra. Über kurz oder lang wirst auch du wieder in die Nacht hinausgehen können und wäre es auch nur, um dort spazierenzugehen, wo du absolut sicher bist. Aber das wirst du dir so lange aufheben, bis die Polizei es satt hat, nach etwas zu suchen, das es nicht gibt. Laß uns lieber Allah befragen, ob Scha'aban Hussein nicht in einem dieser Gräber ruhen darf, denn hier, an diesem altehrwürdigen Platz werden nicht so strenge Unterschiede gemacht. Dir bleibt nur eines: Geduld und abermals Geduld, bis Nur wiederkommt. Beginne erst gar nicht zu fragen, wann sie zurückkehren wird. Du hast die Dunkelheit, das Schweigen und die Einsamkeit so lange zu ertragen, wie die Welt ihre schlechten Sitten nicht verändern will. Mit der armen Nur ist es genauso, ihre alte

Liebe zu dir ist nichts anderes als eine schlechte Gewohnheit.

Von Schmerz und Zorn erfüllt, wollte er ihre Zärtlichkeit meiden, aber auch ihrer Verdorbenheit entfliehen. Er hatte Mitleid mit ihren verzweifelten, gutgemeinten Bemühungen, aber zu mehr, als aus Trauer über das Verlorene mit ihr zu trinken, konnte er sich nicht aufraffen. Für ihn war und blieb sie eben doch nur eine Frau, eine wie Nabawija, verräterisch und feige, die vor Angst um ihr Leben vergehen würde, so daß man ihm doch noch den Strick um den Hals legen, so daß ihn doch noch eine Kugel treffen, so daß doch noch die Polizei zu seinem Schicksal werden würde. Dann wäre der Weg zu Sina für immer abgeschnitten. Sie würde nicht einmal erfahren, wie sehr er sie geliebt hatte, seine Zärtlichkeit für sie bliebe ohne jeden Sinn, so wie die verirrte Kugel ...

Der Schlaf trug ihn hinweg; er mußte wohl geträumt haben, merkte das aber erst, als er erwachte und sich der Dunkelheit und des Alleinseins bewußt wurde. Also hatte Alisch Sadra ihn nicht in seinem Versteck aufgestöbert und auch nicht auf ihn geschossen. Noch war er also heil und sicher in der Wohnung von Nur in der Nadjm ad-Din-Straße.

Er hatte keine Ahnung, wie spät es war. Aber nicht lange, da hörte er den Schlüssel im Schloß, die Tür wurde geöffnet und wieder geschlossen – das Licht im Flur ging an. Nur trat ins Zimmer, beladen mit einem großen Paket. Lächelnd kam sie näher und küßte ihn. »Alles da für das große Bankett. Ich habe Kebab, Limonade und Wein mitgebracht.«

Er küßte sie flüchtig und fragte: »Hast du getrunken?«

»Das gehört zur Arbeit. Ich werde erst einmal baden. Du kannst dich mit den Zeitungen beschäftigen.«

Er sah ihr nach und stürzte sich dann über die Morgen- und Abendausgaben. Gab es auch nichts Neues über ihn, so war das Interesse für das Verbrechen und den Mörder doch stärker, als er gedacht hatte, vor allem in der »az-Zuhra«, der Zeitung Raouf Alwans. Ausführlich und spannend aufgemacht, wurde da über seine Vergangenheit als Dieb berichtet. Die ganze Kette seiner Unternehmungen, die beim Prozeß aufgedeckt worden war, wurde nochmals ausgebreitet. Die Villen der Reichen, in die er eingestiegen war, wurden aufgezählt, seine psychische und physische Individualität wurde dargestellt, von verstecktem Wahnsinn war die Rede und von verbrecherischer Maßlosigkeit, die nun zu einem Blutbad geführt hätte.

Was für fette schwarze Schlagzeilen! Tausende diskutierten jetzt über die genaue Zeit des Verbrechens, machten sich lustig darüber, daß Nabawija ihn betrogen hatte, und schlossen Wetten darüber ab, wie es mit ihm weitergehen würde. Er war Mittelpunkt, Mann des Tages, und er schwankte zwischen Furcht und Stolz. Seine Adern waren vor Erregung wie geschwollen, sie schienen fast zu platzen. Die verschiedensten Gedanken schossen ihm sekundenschnell durch den Kopf. Ein Rausch, Trunkenheit gleich, überkam ihn, Großes und Gefährliches würde er noch vollbringen, das einem Sieg, ja einer Schöpfung gleichkommen würde. Gern wäre er zu den Menschen gegangen, um ihnen zu erklären, was ihn in seinen einsamen und schweigsamen Stunden bewegte, und um sie davon zu überzeugen, daß er der Sieger sein würde, kostete es ihn auch den Tod. Er würde ihnen allein gegenüberstehen, denn sie waren noch unwissend, ahnten nicht, was nur Schweigen und Einsamkeit lehren können, hatten noch nicht einmal begriffen, daß auch sie solche Stunden hatten, die sie nutzen sollten. Der Spiegel, in dem sie sich sahen, gab ihnen doch nur ein blasses und trügerisches Bild wider – das waren doch nicht sie selbst, das waren Fremde ...

Sein Blick fiel auf Sinas Foto in der Zeitung. Es verwirrte ihn. Er sah sich die anderen an, das schreckliche Bild von ihm selbst und das von Nabawija, die wie eine Dirne aussah. Dann blickte er wieder auf die lächelnde Sina – vielleicht war sie so fröhlich, weil sie ihn nicht sah und von allem noch nichts wußte. Wenn er nun unrecht hatte, wenn die Nacht da draußen echte Trauer atmete?

Ach, könnte er mit ihr doch nur allem entfliehen! Er wünschte sich, sie noch einmal zu sehen, das wäre das einzige, was man ihm erfüllen müßte, bevor er zum Galgen gehen würde. Er stand auf und ging zu dem anderen Sofa hinüber, um die Schere zwischen dem Kleiderhaufen zu suchen. Sorgfältig schnitt er ihr Bild aus. Als Nur aus dem Bad kam, war er schon wieder ruhiger. Als sie ihn rief, ging er ins Schlafzimmer. Sonderbar, daß sie ihm die Zeitungen mitgebracht hatte, aber offenbar nichts wußte ...

Der Tisch war mit all den schönen Dingen gedeckt, die sie mitgebracht hatte. Vor Hunger und Durst wurde ihm der Mund wäßrig. Er setzte sich neben sie auf das Sofa, strich ihr über das noch feuchte Haar und sagte, als begrüßte er sie erst jetzt: »Du bist eine Frau, die ihresgleichen suchen kann.«

Sie band ihr Haar mit einem roten Tuch zusammen und füllte die Gläser. Bei seinen Worten lächelte sie. Ungeschminkt hatte ihr Gesicht einen blaßbraunen Ton. Das Bad hatte sie erfrischt, und so fand er, daß sie zwar noch immer eine mittelmäßige, aber wenigstens frische Mahlzeit verkörperte. Als er sie so ruhig dasitzen sah, stolz auf ihre zeitweilige Errungenschaft, entspannte er sich.

Sie sah ihn zweifelnd an. »Wenn du schon so etwas sagst! Manchmal glaube ich, daß sich eher die Polizei eines Menschen erbarmen würde als du.«

»Aber ich bin doch glücklich mit dir.«

»Ehrlich?«

»Aber ja, du hast ein so freundliches Herz, daß man dir kaum widerstehen kann.«

»Aber damals war ich doch auch schon so gewesen.«

Da haben wir es: leichter Sieg, blutige Niederlage. Immer wieder wird man daraufgestoßen, nichts ist vergessen.

»Damals hatte ich eben kein Herz.«

»Und jetzt?«

Er nahm das Glas. »Laß uns trinken und glücklich sein!«

Da beide hungrig waren, blieb es eine Weile still. Dann fragte sie: »Wie hast du die ganze Zeit verbracht?«

Er tauchte ein Stückchen Brot in die Sesamsauce. »Zwischen Dunkelheit und Gräbern. Hast du niemanden hier auf dem Friedhof?«

»Meine liegen alle in Balina. Allah sei ihnen gnädig.«

Wieder war es still. Kauen, Gläserklingen und Tellerklappern. Nach einer Weile sagte Said: »Ich möchte dich bitten, mir Stoff für eine Offiziersuniform zu kaufen.«

»Eine Offiziersuniform?«

»Weißt du nicht, daß ich im Gefängnis nähen gelernt habe?«

»Ja, aber wozu denn?«

»Die Zeit ist gekommen, da ich meinen heiligen Krieg beginne.«

»Verstehe doch, ich will dich nicht ein zweites Mal verlieren ...«

»Du brauchst keine Angst um mich zu haben. Wenn ich nicht verraten werde, bekommt mich die Polizei niemals«, antwortete er mit befremdender Sicherheit.

Sie seufzte unwillig. Er sprach mit vollem Mund weiter: »Und du? Du bringst dich doch auch in eine gefährliche Lage.« Er lachte. »Als ob man dich in der Wüste überfällt!«

Nur lachte ebenfalls, beugte sich zu ihm hinüber und küßte seine klebrigen Lippen. »Da hast du recht. Wenn wir leben wollen, dürfen wir uns vor nichts fürchten.«

Er deutete zum Fenster hin, fragte: »Auch nicht vor dem Tod?«

»Allah bewahre uns davor!« sagte sie und fügte verächtlich hinzu: »Aber selbst das kann ich völlig vergessen, wenn ich mit dir zusammen bin.«

Diese Hartnäckigkeit wunderte ihn. Aber müde und satt, wie er war, fühlte er Dankbarkeit, Mitleid, auch Achtung.

Die Nacht war gekommen. Um die nackte Glühbirne flatterte eine Motte.

11

Kein Tag verstrich, ohne daß der Friedhof neue Gäste empfing.

Fast kommt es dir so vor, als hättest du kein anderes Ziel mehr, als hinter der Gardine zu stehen und den Tod in seiner unermüdlichen Schaffenskraft zu beobachten …

Die Trauergäste kannten ihre Pflichten gut, ganze Gruppen zogen weinend daher. Auf dem Rückweg wischte man dann die Tränen weg und begann zu plaudern. Eine Kraft, noch stärker als der Tod, gab ihnen das gute, zuversichtliche Gefühl, daß sie weiterleben würden.

So hatte man deine Familie auch beerdigt. Deinen Vater, Amm Muhran zum Beispiel, den guten Alten. Was hatte er schon vom Leben gehabt? Jahrelang hatte er als Pförtner im Studentenheim gearbeitet, das Leben war für ihn nur Armut, Bescheidenheit und Zuverlässigkeit gewesen. Schon als Kind mußtest du mitarbeiten, doch arm war die Familie trotzdem geblieben. Aber gemütlich war es auch, die Eltern saßen abends zusammen und unterhielten sich, und du hast neben ihnen gespielt.

Es war der Glaube an Allah, der ihnen diese Zufriedenheit geschenkt hatte. Vaters einziger Spaziergang war der zum Haus des Scheichs Ali al-Djunaidi gewesen. Durch ihn hast du auch diesen Mann kennengelernt.

»Said«, hatte er gesagt, »komm mit mir. Ich

werde dir etwas zeigen, was noch schöner ist, als auf dem Feld zu spielen. Du wirst erfahren, wie süß das Brot im Schutz des Segens schmeckt. Es wird dich mit Zuversicht und Vertrauen erfüllen, das Beste, was das Herz in dieser Welt haben kann.«

Der Scheich hatte dich liebevoll angesehen, aber du hattest nur Augen für seinen weißen Bart. Er sagte zum Vater: »Das ist also dein Sohn, von dem du mir erzählt hast. Seine Augen zeigen mir, daß er vortrefflich ist – sein Herz ist so rein wie das deinige. Du wirst, so Allah will, ihn immer unter den edlen Menschen finden.«

Du hattest den Scheich Ali al-Djunaidi richtig liebgewonnen; er hatte ein so offenes, klares Gesicht und warme, freundlich dreinschauende Augen. Dann gefielen dir die Melodien und Hymnen, sie hielten dich gefangen bis zu der Zeit, als du die Liebe kennenlerntest. Amm Muhran hatte eines Tages gesagt: »Lehre diesen Jüngling die Dinge, die notwendig sind.«

Aber der Scheich hatte sich zu dir heruntergebeugt und geantwortet: »Wir alle lernen von der Wiege bis zum Grabe. Aber du, mein Said, beginne damit, daß du dich für dich selbst verantwortlich fühlst. Lasse den Menschen in allem, was du tust, nur Gutes zuteil werden.«

Das war mehr, als du vermochtest. Eigentlich hattest du damit erst als professioneller Dieb ernst gemacht. Die Tage waren wie im Traum vergangen, bis es den guten Amm Muhran nicht mehr gab. Selbst Scheich Ali al-Djunaidi stand diesem Rätsel machtlos gegenüber.

»Du Unglücklicher, wir alle sind verzweifelt – dein Vater ist gestorben«, rief deine Mutter aus, und ihre Stimme hatte sich fast überschlagen. Du hattest verständnislos den Kopf geschüttelt und dir die Augen gerieben, um richtig wach zu werden. Ihr Schreien hatte dich aus tiefstem Schlaf geweckt. Da du nicht wußtest, was du machen solltest, hattest du fürchterlich zu weinen begonnen.

Seit jener Nacht wurde dir Raouf Alwan, der Jurastudent, ein wahrer Freund. Immer war er für dich da, half, wo er konnte. Du liebtest ihn so wie den Scheich Ali al-Djunaidi, vielleicht noch mehr.

Er hatte sich auch darum gekümmert, daß du den Arbeitsplatz deines Vaters im Studentenheim bekamst, daß du und deine Mutter dort wohnen bleiben konnten. Die ganze Verantwortung lag nun bei dir. Dann war deine Mutter gestorben, nach langer Krankheit, die euch beide fast zugrunde gerichtet hätte. Raouf Alwan erinnert sich bestimmt noch daran. Am schrecklichsten war der Tag gewesen, an dem sie den Blutsturz bekommen hatte. Du hattest sie in das nahe Sabir-Krankenhaus gebracht. Es lag wie ein Schloß mitten in einem großen Park. Die Empfangshalle war so elegant und schön, wie du dir es niemals hättest vorstellen können. Alles sah so aus, als ob du dort nicht hingehörtest. Aber du brauchtest doch Hilfe, und zwar sofort!

Man hatte ihm den Namen des berühmten Chefarztes gesagt. In seinem langen Gewand und den Sandalen war er zu ihm gelaufen und hatte nur immer wieder gerufen: »Meine Mutter ... das Blut!« Der Arzt, die Augen hinter einer dicken Brille verborgen, hatte erst ihn mißbilligend angesehen und dann den Blick auf das weiche, bequeme Sofa gerichtet, auf dem die Mutter lag, in ihrem schwarzen Kleid, das wie Ruß aussah. In der Nähe stand eine ausländische Krankenschwester und beobachtete sie. Da hatte er gefühlt, daß er hier nichts weiter tun konnte als schweigend zu verschwinden. Die Schwester hatte in einer fremden Sprache etwas gesagt, er konnte es nicht verstehen, spürte aber, daß sie Mitleid mit ihm hatte. Vor Wut hatte er wie ein Alter zu fluchen begonnen und das Sofa umgestoßen, so daß ein ungeheurer Lärm entstand und die Motten aus den Polstern aufflogen. Diener kamen gelaufen, und im Handumdrehen waren seine Mutter und er wieder auf der Straße, die im Schatten der Parkbäume lag. Vier Wochen später war die Mutter in Qasr al-Aini gestorben.

In ihrer letzten Stunde hatte sie deine Hand nicht losgelassen, die Augen nicht von dir abgewandt. Genau in diesem Monat hattest du zu stehlen angefangen, und zwar bei einem Studenten aus dem Heim, der vom Lande kam. Er hatte dich verdächtigt und beschuldigt, ohne dafür einen Beweis zu haben. Als er über dich herfiel und dich schlug, war Raouf Alwan gekommen und hatte dich befreit. Er hatte die Sache geregelt, und es gab keine Schwierigkeiten.

Damals warst du ein richtiger Mensch, Raouf Alwan, und das war auch der Anfang meiner Lehrzeit bei dir. »Hab keine Angst«, hatte er gesagt, »ich finde, Stehlen ist völlig legitim.« Warnend hatte er hinzugefügt: »Du mußt nur damit rechnen, daß die Polizei dir an den Fersen klebt«, und hatte spöttisch gewarnt: »Der Richter wird keinesfalls milde mit dir umgehen, selbst wenn du überzeugende Gründe angibst. Er verteidigt doch nur sich selbst.« Er lachte ironisch: »Ist es denn nicht gerecht, wenn das, was durch Diebstahl genommen wurde, auch durch Diebstahl zurückgegeben wird?« Seine Stimme wurde laut und böse: »Wie lebe ich denn? Meine Familie ist weit weg, also kann mich keiner bei meinem Studium unterstützen. Jeder Tag heißt für mich Hunger, Entbehrung, Qual.«

Wo waren diese Grundsätze geblieben? Dahingegangen, gestorben wie mein Vater, meine Mutter und die Treue meiner Frau. Ich hatte das Studentenheim zu verlassen und mußte mir anderswo meinen Lebensunterhalt verdienen. Nabawija hatte ich zur Palme am Feldrand bestellt. Als sie kam, war ich ihr entgegengelaufen und hatte gesagt: »Habe keine Angst, ich muß dich sprechen, weil ich weggehen werde. Ich muß Arbeit finden, um etwas für uns zu sparen. Ich liebe dich, vergiß mich nie. Ich werde dich immer lieben. Sei gewiß, daß ich es schaffe, dich glücklich zu machen und dir ein Heim zu bieten.«

In jenen Tagen war alle Traurigkeit vergessen, die Wunden waren geheilt, die Zuversicht überwand alle Schwierigkeiten. O ihr Gräber, in Dunkelheit versinkend, erspart mir den Spott über solche Erinnerungen!

Er stand auf, setzte sich auf das Sofa und sprach laut vor sich hin, als stünde Raouf Alwan vor ihm. »Hättest du akzeptiert, daß ich als Redakteur in deiner Zeitung arbeite, du Schuft, so hätte ich unsere gemeinsamen Erinnerungen veröffentlicht und deinen verlogenen Glanz reichlich getrübt!« Leiser fragte er sich: »Werde ich es aushalten, hier im Dunkeln zu sitzen, bis Nur frühmorgens wiederkommt?« Er verspürte plötzlich den unwiderstehlichen Wunsch, sein Gefängnis zu verlassen und durch die Nacht zu laufen. Sein Widerstand brach zusammen wie ein Kartenhaus.

Vorsichtig verließ er das Haus, ging in Richtung der Fabrikstraße und bog von da aus zu dem unbebauten Gelände ab.

Nun, da er sein Versteck verlassen hatte, fühlte er sich noch mehr verfolgt. Ihm ging es wie den Mäusen und Schlangen, wenn sie vor der Gefahr weghuschen. Allein in der Finsternis, die Stadt mit ihren vielen, von ferne glänzenden Lichtern als Feind, der ihm auflauert – bis zur Neige würde er diesen Becher leeren müssen.

Im Kaffeehaus setzte er sich zu Tarzan auf die Matte. Außer einem Mann, von dem er wußte, daß er Waffen schmuggelte, und dem Gehilfen war niemand weiter da. Draußen, am Fuß des Berges, lärmte eine lustige Gesellschaft. Als ihm der Gehilfe Tee gebracht hatte, beugte sich Tarzan zu ihm hinüber und sagte leise: »Bleib nicht länger als eine Nacht an einer Stelle.«

Der Schmuggler mußte es gehört haben und riet ihm: »Geh doch nach Oberägypten.«

Said antwortete: »Ich kenne dort niemanden.«

»Ich habe viele getroffen, die von dir mit Bewunderung sprechen.«

Tarzan wurde wütend: »Und die Polizei, bewundert die ihn auch?«

Der Schmuggler lachte schallend los, er schüttelte sich, als säße er auf einem davonstürmenden Kamel. »Die Polizei kann überhaupt nichts mehr bewundern.«

Said murmelte: »Nicht mal das Fasten im Radjab.«

Der Gehilfe konnte seine Begeisterung nicht mehr zurückhalten: »Was schadet es schon, wenn man die Reichen beklaut?«

Said lächelte. Er kam sich vor wie ein Ehrengast. »Die Zungen der Zeitungen sind länger als der Strick. Was nützt es dir schon, wenn dich die Leute bewundern, die Polizei dich aber haßt.«

Tarzan sprang auf, trat schnell ans Fenster und schaute nach links und rechts. Als er zurückkam, sagte er besorgt: »Mir war, als hätte uns jemand beobachtet.«

Saids Augen wurden unruhig, sein Blick ging zwischen der Tür und dem Fenster hin und her. Der Junge huschte hinaus.

»Du siehst immer was, wo gar nichts ist«, sagte der Schmuggler, aber Tarzan fuhr ihn an: »Sei still! Du denkst wohl, der Strick wäre nur zum Spaß da, was?«

Said verließ das Kaffeehaus, seine Hand lag auf dem Revolver.

Immer wieder sah er sich vorsichtig um und lauschte in die Nacht. Seine Unruhe, das Gefühl der Einsamkeit und des Verfolgtseins war stärker als zuvor. Ihm wurde bewußt, daß er die gierige, feige Meute seiner Feinde nicht unterschätzen durfte, die erst wieder zur Ruhe kommen würden, wenn sie ihn als Leiche vor sich hätten.

Als er sich dem Haus in der Nadjm ad-Din-Straße näherte, sah er in Nurs Wohnung Licht. Zum erstenmal, seit er das Kaffeehaus verlassen hatte, wurde er wieder ruhiger.

Sie lag auf dem Bett. Er wollte gerade einen scherzhaften Kommentar dazu geben, als er ihr erschöpftes Gesicht und ihre glänzenden Augen sah, sie mußte krank sein. Er setzte sich ans Fußende und fragte: »Was ist mit dir, Nur?«

Mit schwacher Stimme antwortete sie: »Ich bin völlig fertig. Ich hab so gebrochen, daß ich fast gestorben wäre ...«

»Vom Wein?«

In ihren Augen standen Tränen: »Unsinn, ich trinke doch dauernd.«

Er hatte sie noch nie weinen gesehen und war betroffen: »Aber was ist es dann?«

»Sie haben mich geschlagen.«

»Die Polizei?«

»Nein, irgendwelche Jungs, vielleicht Studenten. Ich hatte ihnen gesagt, daß sie bezahlen sollen.«

Sie tat ihm leid. Leise sagte er: »Wasch dir das Gesicht und trink einen Schluck Wasser.«

»Nachher, ich bin furchtbar müde.«

»Diese Hunde«, murmelte er.

Er streichelte sie. Sie zeigte auf ein Päckchen, das auf dem anderen Sofa lag. »Der Stoff für die Uniform.«

Seine Hand ließ sie seine Dankbarkeit und Zärtlichkeit spüren.

»Ich werde dir heute nacht keine große Freude sein können«, sagte sie fast entschuldigend.

»Kümmere dich nicht darum. Wasch dir das Gesicht und versuch zu schlafen.«

Sie schwiegen. In der Nähe des Friedhofs bellte ein Hund. Sie seufzte und sagte traurig: »Dabei hat sie mir gesagt, ich hätte eine rosarote Zukunft.«

»Wer?« fragte er erstaunt.

»Die Wahrsagerin. Ruhe und Zufriedenheit würden sich bald einstellen.«

Er sah in die dunkle Nacht.

»Bloß wann? Da wartet man schon so lange, und doch ist es umsonst. Meine Freundin, die schon ein paar Jahre älter ist, sagt immer, von uns würden lediglich ein paar Knochen übrigbleiben, und selbst die Hunde würden uns dann nicht mehr wollen.«

Ihm war, als käme ihre Stimme aus einem Grab, so dumpf und traurig klang sie. Er war bedrückt, wußte nichts zu sagen.

»Na, Wahrsagerin«, fuhr sie fort, »wann bekommst du endlich Recht? Wo bleibt deine versprochene Ruhe? Ich möchte nachts sorglos schlafen und tagsüber heiter sein können. Ist denn das so schwer für den, der doch sieben Himmel trägt?«

Genauso hattest auch du dir das Leben vorgestellt, und trotzdem ist es anders gelaufen … Alles, was es dir geboten hat, war das Kriechen durch Wasserrohre, das Springen von Dächern, Verfolgungsjagden im Dunkeln und das Töten von Unschuldigen. Niedergeschlagen sagte er: »Du brauchst Schlaf.«

»Ich brauche das, was mir versprochen wurde, was die Wahrsagerin prophezeit hat. Es kommt bestimmt der Tag, an dem es sich erfüllt.«

»Sehr schön.«

»Du behandelst mich, als wäre ich ein Kind.«

»Aber nicht doch.«

»Ganz bestimmt wird dieser Tag kommen.«

12

Er hatte probeweise die Offiziersuniform angezogen. Nur starrte ihn verblüfft an, bat aber sogleich: »Sei doch gescheit! Ich will dich nicht verlieren.«

»Genau aus diesem Grund hab ich sie ja genäht.« Er besah sich im Spiegel und fügte hinzu: »Ich denke, es ist angemessen, wenn ich mich mit dem Majorsrang begnüge.«

In der darauffolgenden Nacht hatte sie dann seine Geschichte gehört und die vielen Fotos von ihm in den Zeitungen gesehen. Verzweifelt stürzte sie ihm entgegen. »Du hast getötet! Wie schrecklich ist das alles ... Hatte ich dich nicht gebeten, nichts zu unternehmen?«

Er legte ihr die Hand auf die Schulter. »Aber das war doch, bevor wir uns trafen.«

Sie wandte sich ab. Ihre Stimme klang mutlos und traurig. »Ich weiß, daß du mich nicht liebst. Aber wir hätten doch wenigstens eine Weile zusammen leben können, vielleicht hättest du mich dann geliebt.«

»Das geht doch auch jetzt noch.«

»Aber du hast jemanden umgebracht! Was bleibt uns da noch?«

Zuversichtlich lächelte er. »Wir könnten zusammen fliehen.«

»Worauf willst du denn noch warten?«

»Darauf, daß der Sturm sich legt.«

Wie ein Kind, das sich nicht durchsetzen kann,

stampfte sie mit dem Fuß auf. »Aber ich habe gehört, daß alle Ausfallstraßen Kairos von der Polizei abgesperrt sind. Man ist hinter dir her, als wärst du der schlimmste aller Mörder.«

Das waren die Zeitungen – der versteckte Krieg. Scheinbar ruhig sagte er: »Wenn ich meine, daß ich fliehen muß, dann werde ich es trotz alledem schaffen. Du wirst es sehen.«

Als wäre er beleidigt, nahm er sie an ihrem Haarschopf und sagte tadelnd: »Weißt du denn noch immer nicht, wer Said Muhran ist? Alle Zeitungen berichten über ihn, aber du glaubst nicht an ihn. Nun hör mir mal genau zu: Wir werden für immer zusammenleben, die Worte der Wahrsagerin werden in Erfüllung gehen.«

In der darauffolgenden Nacht ging er wieder in Tarzans Kaffeehaus. Er hielt das Alleinsein nicht länger aus und wollte wissen, ob es etwas Neues gäbe. Noch bevor er eingetreten war, stürzte Tarzan ihm entgegen und ging mit ihm hinaus. Erst als sie weit draußen waren, sagte er entschuldigend: »Sei nicht böse, aber selbst mein Café ist kein sicherer Ort mehr.«

Said war tief betroffen. »Ich habe gedacht, der große Sturm sei vorbei.«

»Er wird mit jedem Tag stärker, die Zeitungen sorgen schon dafür. Du mußt verschwinden. Versuch aber nicht, aus Kairo herauszukommen!«

Verbittert fragte er: »Finden denn die Zeitungen kein anderes Thema als Said Muhran?«

»Sie bringen die alten Geschichten, deine früheren Überfälle, und versuchen, die Stimmung im ganzen Bezirk gegen dich anzuheizen.«

Bevor sie sich trennten, bat Tarzan ihn: »Wenn du willst, daß wir uns wieder treffen, dann weit genug vom Café entfernt.«

Said schlüpfte wieder in sein Versteck, Nurs Wohnung. Es war eine Rückkehr in Einsamkeit, Dunkelheit und Warten. »Hinter allem steckst nur du, Raouf Alwan!« schrie er heraus.

Die meisten Zeitungen, eigentlich fast alle, berichteten nun nicht mehr über seinen Fall. Nur die »az-Zuhra« veröffentlichte weiter, stöberte in seiner Vergangenheit herum und hetzte die Polizei auf. Es war fast so, als baute man erst einen Helden auf, um ihn dann zu vernichten. Raouf Alwan würde wohl nicht eher Ruhe geben, bis sein Hals in der Schlinge steckte. Er hatte das Gesetz, das Eisen, das Feuer an seiner Seite.

Solltest du deinem ohnehin verpfuschten Leben nicht wenigstens den Sinn geben, deine Feinde – Alisch Sadra, Wohnort unbekannt, und Raouf Alwan, wohnhaft im Schloß aus Eisen – zu erledigen? Wo läge der Sinn dieses Lebens, wenn du deine Feinde nicht bestraftest? Nichts wird sich verändern, wenn die Hunde nicht gezähmt werden. Ja, nur so wird sich die Macht verändern. In die Stille des Zimmers fragte er laut: »Raouf Alwan, erkläre mir, wie soll man in dieser widerwärtigen Zeit die Menschen sonst ändern?«

»Der revolutionäre Student, die Revolution, getragen von den Studenten!« Deine Worte waren so eindringlich, daß sie jeden durchdrangen und im Innersten aufwühlten. Über Fürsten und Paschas hast du gesprochen, und wie durch Zauberhand waren aus Herren Diebe geworden. Es war ein unvergeßliches Bild, wie ihr – du und deine Gefährten – in euren langen, wallenden Gewändern die Landstraße entlangzogt und Zuckerrohr kautet. Deine Stimme scholl weit über das Feld, es schien, als wollte sich ihr selbst die Palme beugen –, sie, die einzigartige, dergleichen ich nie wieder hörte, nicht einmal bei Scheich Ali al-Djunaidi ... So warst du gewesen, Raouf Alwan ...

Dank deiner Überzeugungskraft gab mich mein Vater in die Schule. Als ich mit den ersten Erfolgen nach Hause kam, hast du laut gelacht und zu meinem Vater gesagt: »Na, siehst du? Und du wolltest ihn nicht lernen lassen. Schau dir seine Augen an, er wird noch einmal die Grundpfeiler dieser Welt zum Einsturz bringen!«

Du hattest mich die Liebe zu den Büchern gelehrt und mit mir diskutiert, als wäre ich dir ebenbürtig. Zusammen mit den anderen hatte ich dir zugehört, wenn du an der Palme, da, wo meine Liebe ihren Anfang nahm, zu uns gesprochen hast. Damals hörten wir dich über das Volk, den Diebstahl, das heilige Feuer, den Reichtum, den Hunger und die Gerechtigkeit reden. Als du mich beim ersten Diebstahl verteidigtest, verehrte ich dich noch mehr, denn deine Haltung gab mir meine Ehre wieder. An dem Tag deiner Verhaftung stiegst du für mich zum Himmel auf. Einmal sagtest du zu mir bedrückt: »Es ist doch sinnlos, daß jeder für sich allein etwas unternimmt. Man muß sich organisieren.«

Beides konnte ich nicht mehr lassen – das Lesen und das Stehlen. Du hattest mir beim Stehlen geholfen und mir Namen genannt, bei denen es sich lohnte. Das Wichtigste dabei aber war, daß mein Stolz, mein Gefühl von Ehre gestärkt wurde. Du hattest von der Beute allen reichlich abgegeben, und leider gehörte dazu auch Alisch Sadra.

Said konnte sich nicht mehr zurückhalten: »Bist du, Raouf Alwan, denn wirklich Besitzer dieser Villa? Bist du wirklich die Schlange, die hinter der Pressekampagne steckt? Du willst mich töten, weil du dann dein schlechtes Gewissen beruhigen und die Vergangenheit auslöschen kannst. Aber ich werde nicht abtreten, bevor ich dich nicht umgebracht habe. Du bist der gemeinste Verräter. Wie töricht wäre alles, wenn das Leben darin bestanden hätte, einen Mann zu töten, den ich nicht kannte. Wenn das Leben einen Sinn haben soll und auch der Tod, dann muß ich dich töten. Möge das mein letzter Aufschrei sein, mit dem ich mich gegen das Böse dieser Welt zur Wehr setze. Alle, die da unten auf dem Friedhof liegen, werden mich darin unterstützen. Ich werde Scheich Ali al-Djunaidi die Lösung des Rätsels hinterlassen.«

Als in der Morgendämmerung der Gebetsruf erscholl, hörte er, wie die Tür geöffnet wurde. Beladen mit Flaschen, gebratenem Fleisch und Zeitungen kam Nur herein. Sie sah zufrieden und gelöst aus, als hätte sie die Sorgen von gestern und die Traurigkeit von vorgestern vergessen. Die Dunkelheit löste sich auf, Heiterkeit überkam ihn, und er hätte die ganze Welt mit ihren Genüssen umarmen können. Er freute sich auf das Essen, das Trinken und die Neuigkeiten in den Zeitungen. Als sie ihn umarmte, küßte er sie zum erstenmal voll dankbarer Zärtlichkeit und ohne zu heucheln. Er wünschte, daß sie sich nie mehr entfernte. Vielleicht war sie die letzte Frau, die ihm vor seinem Tod Liebe gab. Er öffnete eine Flasche, füllte ein Glas und trank; es brannte wie Feuer.

Als sie sein müdes Gesicht sah, fragte sie ihn: »Warum hast du nicht geschlafen?«

Er blätterte in den Zeitungen und schwieg.

»Es muß schrecklich sein, so im Dunkeln zu warten«, fuhr sie mitfühlend fort.

Er legte die Zeitungen beiseite und fragte: »Wie sieht es draußen aus?«

»Wie immer.« Sie stand auf und zog alles aus bis auf das dünne, durchsichtige Hemdchen. Der Geruch von Puder, vermischt mit Schweiß stieg ihm in die Nase. »Die Leute reden von dir, als wärst du der sagenumwobene Held Antara. Sie können ja nicht wissen, wie schwer es für uns ist.«

»Die meisten Menschen unseres Volkes haben weder Angst vor Dieben, noch hassen sie sie.« Er steckte sich ein Stück Fleisch in den Mund. »Aber sie hassen von Natur aus die Hunde.«

Sie leckte die Fingerspitzen ab und lächelte. »Auch ich kann Hunde nicht leiden.«

»Ich meine doch etwas ganz anderes.«

»Ja, aber ich hatte früher immer Hunde, bis ich dann erlebte, wie einer starb. Ich habe furchtbar geweint und beschlossen, nie mehr welche aufzunehmen.«

»Man muß eben mit der Liebe aufhören, wenn sie uns Kummer macht«, sagte er spöttisch.

»Du verstehst mich nicht, liebst mich auch nicht.«

»Sei doch nicht ungerecht«, bat er, »es reicht doch schon, wenn die Welt da draußen so gemein ist.«

Sie trank nacheinander einige Gläser. Die Wirkung ließ nicht lange auf sich warten, unvermittelt gestand sie ihm, daß ihr richtiger Name eigentlich Schalbija wäre, und fing an, lustige Geschichten aus der Zeit zu erzählen, als sie noch in al-Balena gewesen war. Sie sprach von ihrer Kindheit, dem Dorftümpel, der Jugend und der Flucht in die Hauptstadt. Stolz fügte sie hinzu: »Mein Vater war immerhin Bürgermeister.«

»Diener war er, er diente beim Bürgermeister«, bemerkte er beiläufig. Sie sah beleidigt aus und runzelte die Stirn. Bevor sie noch etwas sagen konnte, erklärte er: »Das hast du mir damals selbst erzählt.«

Sie lachte laut. Ihre Zähne waren voller Petersilienreste.

»Habe ich das?«

»Genauso wurde Raouf Alwan zum Verräter«, erwiderte er ihr scharf.

Fragend schaute sie ihn an. »Wer ist Raouf Alwan?«

»Du sollst nicht lügen«, fuhr er sie zornig an. »Wenn man schon unter Dunkelheit, Einsamkeit und Warten leidet, kann man nicht auch noch Lügen ertragen.«

13

Kurz nach Mitternacht ging Said.

Durch die Wolken drang spärlicher Mondschein. Ungefähr hundert Meter vor dem Hügel, auf dem das Kaffeehaus stand, blieb er stehen, pfiff dreimal und wartete. Dieses Mal mußte er es schaffen, sonst würde er wahnsinnig werden. Er hoffte, von Tarzan die notwendige Information zu erhalten.

Nicht lange, und Tarzan kam wie eine große Wolke näher. Nachdem sie sich umarmt hatten, fragte er ihn: »Gibt's was Neues?«

»Endlich ist einer von ihnen gekommen«, antwortete Tarzan keuchend. Dickleibig, wie er war, fiel ihm das Laufen schwer.

»Wer?«

Tarzan nahm seine Hand und hielt sie fest. »Meister Bajaza. Er sitzt jetzt im Café und verhandelt mit einem Geschäftspartner.«

»Dann war das Warten ja wenigstens nicht umsonst. Weißt du, in welcher Richtung er zurückgehen wird?«

»Den Weg am Hügel entlang.«

»Danke, Meister.«

Said machte sich schnell auf den Weg. Der schwache Lichtschein half ihm, sich zu orientieren. Als er das Wäldchen, das von vielen kleinen Quellen umgeben war, erreicht hatte, ging er an der südlichen Seite weiter. Er erreichte die letzten Bäume in der Nähe des Weges, der vom Kaffeehaus herunterführte. Er versteckte sich hinter einem Baum und wartete.

Der trockene Wind erfrischte ihn und ließ die Bäume leise raunen; undeutlich waren die Umrisse des Hügels zu erkennen. Die Hand auf dem Revolver, überlegte er, wie er den unerwarteten Überfall auf den Feind nutzen würde. Er würde zuerst alles aus ihm herausquetschen und ihm dann zur letzten Ruhe verhelfen.

Leise, nur den rauschenden Bäumen verständlich, sagte er: »Erst Alisch Sadra, dann Raouf Alwan – alles in einer Nacht. Dann mag kommen, was will.«

Vor Ungeduld konnte er kaum stillstehen. Aber nicht lange, da zeigten sich die Umrisse eines Mannes, der durch die Dunkelheit eilte und sich der Spitze des Waldes näherte. Als zwischen ihm und dem Weganfang nur noch ein Meter war, sprang Said aus seinem Versteck hervor, richtete den Revolver auf ihn und rief: »Bleib stehen!«

Wie elektrisiert verharrte der Mann und starrte ihn sprachlos an.

»Bajaza«, sagte Said, »ich weiß, wo du warst, was du da gemacht hast und wieviel Geld du jetzt bei dir trägst.«

Der Atem des Mannes ging schneller und hörte sich an wie ein Pfeifen. Unwillkürlich machte er mit dem Arm eine leichte, zögernde Bewegung, die er aber schnell wieder unterdrückte. »Das ist Geld, das ich für meine Familie brauche«, flüsterte er.

Said schlug ihm ins Gesicht, nicht gerade sacht, die Nacht würde für den nun noch dunkler sein. Mit gepreßter Stimme sagte er dann: »Kennst du mich nicht, du Hundesohn Bajaza?«

»Bist du es?« rief er. »Die Stimme habe ich gleich erkannt, aber ich hab's nicht glauben wollen ... Said Muhran?«

»Beweg dich nicht. Bei der ersten Bewegung bist du tot.«

»Du würdest mich töten? Warum? Wir waren nie Feinde.«

Said tastete Bajazas Brust ab, bis er den schweren Beutel fand. Mit einem kräftigen Ruck riß er ihn ab. »Das zum ersten.«

Ängstlich rief Bajaza: »Das ist mein Geld! Ich hab dir doch nie etwas getan!«

»Sei still. Ich hab noch nicht alles, was ich will.« Er hob den Revolver höher. »Wenn du dein Leben retten willst, dann sage mir, wo Alisch Sadra ist.«

Mit fester Stimme erwiderte er: »Ich weiß es nicht ... Das weiß niemand!«

Er schlug ihn abermals, noch heftiger als zuvor. Wütend sagte er: »Ich bring dich um, wenn du's mir nicht sagst. Dein Geld wirst du erst zurückbekommen, wenn ich mich vergewissert habe, daß du die Wahrheit gesagt hast.«

»Ich weiß es wirklich nicht, ich schwör's dir. Ich hab keine Ahnung.«

»Du lügst!«

»Ich schwöre dir, mich scheiden zu lassen, wenn ich lügen sollte.«

»Hat er sich denn aufgelöst wie Salz im Wasser?«

»Ich weiß es nicht, niemand weiß etwas. Er ist gleich, nachdem du da warst, aus der Wohnung ausgezogen, weil er solche Angst vor dir hatte. Er ist in ein anderes Viertel gezogen, nach Rod al-Faradj.« Bajazas Stimme klang, als wollte er ihn inständig bitten, ihm zu glauben.

»Die Adresse?«

»Warte doch, Said. Nach dem Mord an Scha'aban Hussein ist er mit seiner Familie abgereist, ohne jemanden zu sagen, wohin. Er und seine Frau hatten furchtbare Angst. Niemand hat seitdem irgend etwas von ihnen gehört.«

»Bajaza!«

»Ich schwöre dir, daß ich den dreimaligen Scheidungsschwur spreche, wenn das nicht wahr ist.«

Er schlug ihn zum drittenmal. Bajaza stöhnte und rief mit schmerzzerrissener Stimme: »Wieso schlägst du mich, Said? Der Herr soll ihn zum Teufel schicken, gleich wo er auch sei. Ist er etwa mein Bruder oder mein Vater, daß ich für ihn sterben soll?«

Gegen seinen Willen mußte Said ihm schließlich glauben. Verzweiflung überkam ihn, daß er seinen Feind nicht finden konnte. Hätte man ihn nicht wegen des Mordes verfolgt, so hätte er genug Geduld gehabt, die richtige Gelegenheit abzuwarten; die verirrte Kugel hatte lediglich ihn um seine Sicherheit gebracht.

Als Bajaza sagte: »Du hast mir Unrecht getan«, antwortete er nicht. Aber dieser fuhr fort: »Und mein Geld?« Er befühlte die brennenden Wangen. »Ich hab dir nichts getan, du hast also kein Recht, mir mein Geld zu stehlen. Du solltest dich mir gegenüber kameradschaftlicher benehmen.«

Said stieß verächtlich heraus: »Du gehörst zu seinen Helfershelfern.«

»Ich war sein Freund und sein Kompagnon. Aber das heißt noch lange nicht, daß ich dein Feind bin. Mit seinem Verrat habe ich nichts zu tun.«

Der Kampf war beendet, es blieb nichts als der Rückzug. Offen und ehrlich sagte Said: »Ich brauche Geld.«

»Du sollst haben, was du willst«, sagte Bajaza schnell.

Said begnügte sich mit zehn Pfund. Bajaza, der kaum glauben konnte, daß er gerettet war, machte sich eilends davon.

Da stand Said also wie zuvor allein in der Einöde. Der Mond war weiter hervorgekommen, die Bäume hielten noch immer vertraute Zwiesprache. Es schien, daß es Alisch Sadra wirklich gelungen war, der Strafe zu entgehen. Er hatte sich mit seinem Verrat gerettet und würde nun bei allen anderen als Gerechter, Edler dastehen und damit die Front des Verrats stärken. Aber du, Raouf, du bist mir geblieben, bist meine ganze Hoffnung, daß ich mein Leben doch nicht ganz sinnlos vertan habe ...

14

Nach Hause zurückgekehrt, zog er die Offiziersuniform an und ging gegen ein Uhr nachts wieder los.

Er schlug die Richtung zur Abbasija-Straße ein, mied dabei das Licht der Straßenlaternen und zwang sich, langsam und entspannt zu gehen. Er hielt ein Taxi an und ließ sich zur Al-Djala'-Brücke fahren. Selbst um diese Stunde waren in den Straßen noch Polizisten zu sehen, ein Anblick, der ihn verständlicherweise nicht gerade erfreute.

In der Nähe der Brücke war eine Bootsanlegestelle. Er suchte sich ein kleines Boot aus, mietete es für zwei Stunden und ruderte den Fluß abwärts nach Süden, in Richtung der Villa von Raouf Alwan.

Die Luft war angenehm kühl, der Himmel klar und mit Sternen geschmückt. Über den Bäumen der Uferstraße hing der Viertelmond.

Said spürte plötzlich ungeheure Kraft, ihm war, als sprengte dieses Gefühl seinen Brustkorb. Alisch Sadras Rettung ist eigentlich keine Niederlage, tröstete er sich, solange ich noch Raouf Alwan zu bestrafen habe, denn der ist geradezu das Symbol für Verrat, das Alisch, Nabawija und alle anderen Verräter der Erde umfaßt.

Er legte seine ganze Kraft in die Ruder. »Ja, Raouf Alwan«, stieß er hervor, »jetzt ist die Stunde der Abrechnung gekommen!«

Selbst wenn außer der Polizei auch noch alle Richter zwischen uns ständen, würde ich dir deine Strafe zukommen lassen, vor den Augen aller Menschen. Bis auf die wirklichen Diebe halten sie alle zu mir, und das wird mir Trost geben, wenn ich für ewig abtreten muß. Ich verkörpere deinen Geist, für den ich mich aufgeopfert habe. Was mir fehlte, war die richtige Organisation, um es mit deinen Worten zu sagen. Jetzt verstehe ich vieles erst richtig, was du uns damals gesagt hattest. Mein Unglück ist, daß ich trotz der Unterstützung von Millionen in dunkler Einsamkeit, ohne Verbündete lebe. Ein widersinniger Untergang, keine Kugel kann daran etwas ändern. Aber es wird ein angemessener und blutiger Protest sein, damit die Lebenden und die Toten zuversichtlich werden und nicht die letzte Hoffnung verlieren ...

Er ruderte näher ans Ufer, um möglichst dicht an die Villa heranzukommen. Als er herausgesprungen war, zog er das Boot auf den Sand, damit es einen festen Halt hatte. Er stieg die Uferböschung hinauf; die Uniform gab ihm Vertrauen und Ruhe. Die Straße lag leer da, von Schnüfflern war nichts zu sehen.

Er war vergnügt, von seinem Zorn war kaum noch etwas übriggeblieben. Die Villa lag im Dunkeln, nur die Lampe über der Eingangstür brannte, was seine Vermutung, daß der Hausherr noch nicht zurückgekehrt war, bestätigte. Das ersparte ihm viel Mühe, er mußte gar nicht erst versuchen, in das Haus einzudringen. Wie ein nächtlicher Spaziergänger bog er in die Straße neben der Villa ein, ging bis ans Ende zur Gizeh-Straße und kehrte dann zur Uferstraße zurück. Er hatte nichts Auffälliges bemerkt, und auf seine Augen konnte er sich verlassen.

Er ging zu einem Baum, stellte sich so dahinter, daß das Licht der Laternen ihn nicht erfaßte, und wartete. Unverwandt starrte er auf die Villa, nur kurz schweifte sein Blick zum dunklen Wasser hinüber.

Seine Gedanken kreisten um Raoufs Verrat und den Betrug, der ihm das Leben zerstört hatte. Er dachte an das, was ihn erwartete, und an den Tod, der alles beendete. All das machte Raoufs Tod zu einer unabdingbaren Notwendigkeit.

Bei jedem Wagengeräusch fuhr er auf. Endlich hielt ein Auto direkt vor der Parkeinfahrt, der Pförtner öffnete beide Torflügel. Said lief entlang der Mauer in die Seitenstraße und blieb gegenüber dem Eingang stehen, wo der Mann aussteigen mußte. Der Wagen kam den Parkweg entlang und hielt vor dem Eingang. Das Licht ging an und bestrahlte Tür, Treppen und Weg. Said zog den Revolver. Der Schlag wurde geöffnet, und Raouf Alwan stieg aus. Said rief: »Raouf!«

Der Mann drehte sich blitzartig um. Said rief nochmals: »Hier ist Said Muhran! Nimm das!«

Aber genau in diesem Moment wurde vom Garten aus auf ihn geschossen, die Kugel pfiff an seinem Ohr vorbei.

Daß ihm jemand zuvorkam, traf ihn völlig unerwartet. Er war bestürzt, schoß aber zurück und duckte sich sofort, um der zu erwartenden Antwort zu entgehen. Dann aber hob er, zwar vorsichtig, aber dennoch zum Letzten entschlossen, den Kopf, zielte und schoß wie besessen.

Das Ganze dauerte nur Sekunden.

Er sprang auf, lief zum Fluß, schob das Boot ins Wasser und sprang hinein. In Sekundenschnelle ruderte er mit ganzer Kraft zum anderen Ufer hinüber.

All das tat er, ohne lange nachzudenken, instinktiv. Seine Gedanken waren noch mit dem eben Geschehenen beschäftigt; wie ein Wasserstrudel wirbelten sie im Kreis. Ihm war, als fiele noch einmal ein Schuß, als schrien Stimmen durcheinander, als löste sich sein Körper auf.

Die Stelle, an der er den Fluß überquerte, war nicht sehr breit, so daß er im Nu das andere Ufer erreichte. Er sprang hinaus, überließ das Boot den Wellen – sollten sie damit machen, was sie wollten. Dann kletterte er die Böschung zur Straße hinauf; sorgsam legte er die Hand auf den Revolver, um ihn nicht zu verlieren.

Trotz seiner Erregung ließ er sich Zeit, als er auf der Straße war. Sein Schritt war ruhig und gleichmäßig, er schaute nicht nach links und rechts. Dann aber hörte er Getrampel und Gerenne in Ufernähe, wütendes Geschrei erhob sich auf der Brücke, laut aufheulende Sirenen durchdrangen die sanfte Luft.

Darauf gefaßt, daß sich ihm jeden Augenblick

ein Verfolger an die Fersen heften würde, stellte er sich auf den Beginn der letzten Schlacht ein. Aber bevor noch irgend etwas geschah, fuhr ein Taxi an ihm vorbei. Er stoppte es und stieg ein. Kaum hatte er Platz genommen, spürte er einen stechenden Schmerz. Aber was war das schon im Vergleich zu dem wohligen Gefühl, daß er gerettet war!

Er schlich ins Haus. So, wie er war, legte er sich aufs Sofa. Die Schmerzen kamen wieder, jetzt spürte er, wo es ihn erwischt haben mußte. Er tastete mit der Hand die Stelle oberhalb des Knies ab und fühlte etwas Klebrig-Flüssiges. War er gestürzt? Eine Kugel? Hinter der Mauer oder als er gelaufen war ... Als er die Stelle noch einmal gründlicher befühlte, stellte er fest, daß es offenbar nur eine oberflächliche Verletzung war. Wenn es sich um eine Kugel handelte, so hatte sie ihn nur gestreift, war aber nicht eingedrungen. Er stand auf, zog die Uniform aus und suchte im Dunkeln nach seinem langen Gewand. Dann schritt er im Zimmer auf und ab, um zu prüfen, ob er trotz der Verwundung laufen konnte.

Damals bist du sogar noch durch die ganze Mohammed-Ali-Straße mit einer Kugel im Bein gerannt ... Richtige Wunder vollbringst du, bist ja auch diesmal wieder entwischt. Die Wunde ist nicht schlimm, muß sie nur verbinden ... Aber habe ich Raouf Alwan nun getroffen oder nicht? Wer hat vom Garten her geschossen? Hoffentlich hast du nicht wieder einen Unschuldigen erwischt ... Bestimmt hast du Raouf getötet, deine Hand verfehlt nicht ihr Ziel. Die Wüste hinter dem Berg soll dein Zeuge sein, daß du einen Brief an die Zeitungen schicken wirst, einen Brief mit der Überschrift: »Warum ich Raouf Alwan tötete!«. Erst dann wird dein Leben seinen Sinn wiedergewinnen. Die Kugel, die Raouf Alwan umbrachte, beseitigte zugleich die ganze bisherige Sinnlosigkeit, denn eine Welt ohne Moral ist nichts anderes als stumpfes Dahinvegetieren. Mehr als einen sinnvollen Tod will ich gar nicht ...

Als Nur nach Hause kam, beladen mit vielen schönen Dingen, war sie völlig erschöpft. Wie immer küßte sie ihn, ihr Gesicht hellte sich auf. Plötzlich fiel ihr Blick auf seine Hose, sie schob die Sofadecke beiseite und rief: »Das ist ja Blut!«

Er sah es jetzt erst richtig. Als er sein Bein freilegte, sagte er beiläufig: »Nur eine geringfügige Verletzung, ich bin an die Taxitür gestoßen.«

Aber Nur war nicht so leicht zu beruhigen: »Du hast doch nicht ohne Grund die Uniform angezogen! Du kannst einfach nicht vernünftig sein, ich werde vor Angst um dich noch sterben.«

»Mit ein wenig Kaffee ist die Wunde noch vor Sonnenaufgang geheilt.«

»Aber dafür bin ich dann krank! Du machst mich völlig fertig. Wann endlich hört dieser Alptraum auf?«

Nervös begann sie zu hantieren, drückte Kaffeepulver auf die Wunde und verband sie mit einem

Stück Stoff des Kleides, das sie gerade nähte. Die ganze Zeit über beklagte sie ihr Schicksal.

»Dusch dich erst mal«, sagte er, »das ist nützlicher.«

»Als ob du weißt, was nützlich und was schädlich ist«, erwiderte sie, als sie hinausging.

Als sie wieder ins Schlafzimmer zurückkam, hatte er schon ein Drittel des Flascheninhalts ausgetrunken. Wohlige Ruhe überkam ihn.

»Trink doch auch etwas«, bat er sie. »Mir geht es gut hier, ich bin bestens untergebracht und sicher vor den Augen der Polizei.«

Sie kämmte sich das nasse Haar. »Ich bin richtig unglücklich«, sagte sie, und ihre Stimme klang wirklich verzweifelt.

Er trank weiter. »Wer kann schon wissen, was morgen sein wird.«

»Das hängt von dem ab, was man macht.«

»Nichts weiß man, nichts ist klar, nur das, daß du bei mir sein mußt.«

»Und das sagst gerade du!«

»Mehr noch, du bist das Paradies inmitten der Kugeln, die mich suchen.«

Sie seufzte tief auf.

»Du bist sehr lieb«, sagte er, »ich möchte dir das wenigstens einmal sagen.«

»Ich bin vor allem verzweifelt. Alles, was ich will, ist doch nur, daß du nicht in Gefahr bist.«

»Wir haben immer noch eine Chance.«

»Die Flucht! Wir müssen fliehen!«

»Ja, aber erst müssen wir abwarten, ob der Hund für immer die Augen geschlossen hat.«

»Warten ja, aber was machst du? Du gehst einfach nach draußen«, fuhr sie ihn scharf an. »Du willst deine Frau und den anderen Mann töten, aber das einzige, was dabei herauskommen wird, ist, daß du dich dabei selbst umbringst.«

»Hast du etwas gehört?«

»Ich habe mit einem Taxifahrer gesprochen. Er hat dich hartnäckig verteidigt, sagte aber, du hättest schon wieder einen Unschuldigen getroffen.«

Er atmete heftig, Wut stieg in ihm auf. Um seine schmerzliche Bestürzung zu verbergen, trank er das Glas aus. Mit einer Handbewegung forderte er sie auf, auch zu trinken. »Was hast du noch gehört?«

»In dem Bootshaus, in dem ich war, sagte einer, daß du mitten in der allgemeinen Langeweile eine unterhaltsame Unterbrechung wärst.«

»Und was hast du darauf geantwortet?«

Sie sah ihn vorwurfsvoll an: »Gar nichts, natürlich. Ich passe nämlich auf dich auf, du selbst kannst es ja nicht. Du liebst mich eben nicht, obwohl du mir das Teuerste im Leben bist. Du aber ziehst es vor, meine Liebe zu ruinieren.«

Sie begann zu weinen. Er nahm ihr das Glas aus der Hand, legte die Arme um sie und flüsterte: »Du wirst sehen, ich halte mein Versprechen. Wir werden fliehen und für immer miteinander leben.«

15

Was für fette Schlagzeilen, was für knallige Bilder – als wäre er das größte Ereignis. Man befragte Raouf Alwan, der ausführlich antwortete: Said Muhran wäre Diener im Studentenheim zu der Zeit gewesen, als er dort gewohnt hatte. Er hätte immer Mitleid mit ihm gehabt. Als Muhran aus dem Gefängnis entlassen worden war, habe er ihn besucht und ihn angebettelt. Er habe ihm Geld gegeben, damit er ein neues Leben beginnen könnte. Aber in derselben Nacht noch sei er in sein Haus eingedrungen, um ihn zu bestehlen. Er hatte ihn erwischt und zur Rede gestellt, aber ihn dann aus Barmherzigkeit freigelassen. Trotz alledem sei er nun gekommen, um ihn zu töten.

Die Zeitungen schrieben, daß er verrückt sein müsse, man habe es mit wahnsinniger Selbstherrlichkeit und Blutrünstigkeit zu tun. Der Verrat seiner ehemaligen Frau hätte ihm den Verstand geraubt, sonst würde er nicht ohne Sinn und Verstand um sich schießen.

Aber nicht Raouf Alwan war getroffen worden, sondern der bemitleidenswerte Pförtner, wieder ein Unschuldiger. Als Said das las, fluchte er laut vor sich hin.

Die Kampagne lief auf vollen Touren. Eine ansehnliche Belohnung wurde für den ausgesetzt, der Hinweise über seinen derzeitigen Aufenthaltsort geben konnte. In den Artikeln wurde die Bevölkerung vor falschem Mitleid gewarnt.

Da bist du also zum wichtigsten Tagesthema geworden und wirst es wahrscheinlich so lange bleiben, bis du deinen Geist aufgibst ... Gleich einer Naturkatastrophe scheint von dir Angst, gemischt mit Bewunderung, auszugehen. Alle, die bisher vor Langeweile fast erstickten, werden dir dankbar sein. Was aber deinen Revolver betrifft, so scheint er wirklich nur Unschuldige zu treffen. Sein letztes Opfer wirst vielleicht du selbst sein. »Ist das vielleicht wirklich Wahnsinn?« sprach er leise vor sich hin.

Du hast immer danach gestrebt, die Welt in ihren Grundfesten zu erschüttern, auch wenn du für die anderen vielleicht nicht mehr warst als ein Possenreißer. Deine Raubzüge durch die Villen, die dir immer gelangen, waren wie Wein, der deinen Kopf berauschte. Für Raouf Alwans Grundsätze, an die du fest glaubtest, im Gegensatz zu dem, der sie sprach, wärest du selbst in den Tod gegangen ...

Said blieb allein in dieser Nacht. In der Flasche war noch ein Rest Wein, den er bis zum letzten Tropfen trank. Um ihn war Dunkelheit, das Schweigen der Gräber. Er würde es schaffen, ganz bestimmt würde er durchkommen, dieses Gefühl wurde immer stärker. Angst vor dem Tod hatte er nicht. Er begann, einen Schlager zu summen, brach dann ab und sagte in die Dunkelheit: »Da hat nun eine verirrte Kugel aus mir den Mann des Tages gemacht.«

Er ging zum Fenster und schaute durch die

Gardine auf den Friedhof. Die Gräber schliefen im Mondenschein. »Wacht auf und hört mir gut zu, verehrte Berater«, rief er. »Ich habe beschlossen, mich selbst zu verteidigen!«

Er trat ins Zimmer zurück und zog das lange Gewand aus. Heiß war es, und der Wein brachte ihn noch mehr zum Schwitzen. Die Wunde schmerzte unter dem Verband, sicherlich begann sie zu heilen.

Er sah sich vor Gericht. Ich bin anders als die, die vor mir in diesem Angeklagtenkäfig saßen, da man ja sicherlich eurer Kultur und Bildung einen eigenen Namen geben muß. Aber worin besteht eigentlich der Unterschied zwischen euch und mir? Doch nur darin, daß ich in diesem Käfig bin und ihr außerhalb von ihm lebt, ein völlig bedeutungsloser Unterschied. Das Lächerliche ist nur, daß mein großer, bedeutender Lehrer in Wirklichkeit ein mieser Schurke ist. Ihr habt recht, wenn ihr euch darüber wundert. Es kommt eben vor, daß ein Stromkabel voller Fliegendreck ist …

Er ging zum Sofa und streckte sich aus. Von weit her drang zu ihm Hundegebell. Wie willst du es erreichen, daß deine Richter dir vertrauen, wenn es für sie doch um nichts anderes geht als um eine persönliche Angelegenheit ohne allgemeine Bedeutung? Sie sind doch mit diesem Schurken verwandt, zwischen ihnen und dir steht ein ganzes Jahrhundert …

Du wirst die Zeugenaussage des Opfers fordern, damit bestätigt wird, daß der Verrat in einer stillen

Verschwörung beschlossen worden war. Ich habe doch nicht den Diener von Raouf Alwan töten wollen, wie sollte ich denn?

Ein Mann, den ich nicht und der mich nicht kannte. Er ist umgekommen, weil er eben Raouf Alwans Diener war. Gestern träumte ich von ihm, er stand vor mir. Vor Scham konnte ich ihm nicht in die Augen sehen. Er aber sagte, daß doch Millionen von Menschen unschuldig und grundlos getötet werden ...

Diese Worte werden meine Unschuld zum Leuchten bringen und sie krönen. Du bist so überzeugt von dem, was du sagst, daß sie in tiefster Seele glauben werden, daß dein Beruf rechtmäßig ist, daß er das Gewerbe der Herren zu jeder Zeit und an jedem Ort war, daß es an den falschen Werten liegt, daß dein Leben mit Kleingeld, dein Tod aber mit Pfunden veranschlagt wird ...

Wenn der Richter dir dann zublinzelt, dann freue dich, denn dann hat er dich verstanden.

»Ich fordere immer noch den Kopf Raouf Alwans, selbst wenn es der letzte Wunsch wäre, den ich von meinem Henker erbitten darf, und selbst wenn ich darauf verzichten müßte, noch einmal meine Tochter zu sehen. Ich bin gezwungen, das Leben nicht nach Tagen zu zählen, sondern nach Gefahrenquellen, Stunden der Angst, die gleich dem Regen sich unweigerlich über den Verfolgten ergießen ...«

Härter als Sinas Erschrecken kann das Urteil, das über dich gesprochen wird, nicht sein. Sie hat dich damit eigentlich schon vor dem Strick getötet. Aber Millionen haben mit dir gelitten, wenn auch schweigend und tatenlos, und da sollten sie seinem Revolver nicht die Fehler verzeihen, ihm, ihrem gößten Meister?

»Wer mich tötet, der bringt Millionen um. Ich bin der Traum, die Hoffnung und das Lösegeld der Feigen. Ich bin das Vorbild, der Trost und die Stütze für alle, die von ihren Freunden verraten worden sind. Und wenn es heißt, daß ich verrückt bin, dann schließt euch, die ihr hinter mir steht, zusammen und erforscht die Ursachen, warum es so weit kommen konnte – und dann erst sprecht das Urteil!«

Der Strudel wurde stärker, zog ihn in ferne Tiefen. Er fand, daß er großartig gewesen war, in des Wortes ureigenster Bedeutung. War auch diese Größe von Trauer, von der Nachbarschaft der Gräber umgeben, so würde sie doch den Tod überdauern. Ihre Kraft würde fortan in den Pflanzen, in den Tierzellen, im menschlichen Herzen bleiben. Der Schlaf trug ihn hinweg, ohne daß es ihm bewußt wurde.

Daß er tief geschlafen haben mußte, wurde ihm erst klar, als er von der Helligkeit im Zimmer geweckt wurde. Er öffnete die Augen und sah Nur, die vor ihm stand und ihn mit leblosen Augen ansah. Die Unterlippe traurig verzogen, die Schultern herunterhängend in Hoffnungslosigkeit, so war sie das vollkommene Bild der Verzweiflung. In Sekundenschnelle begriff er, daß sie von seinem letzten Überfall gehört haben mußte und nun völlig von Sinnen war.

»Du bist grausamer, als ich mir jemals vorstellen konnte. Ich verstehe dich nicht. Bei Allah, töte mich am besten gleich, wenn du noch ein wenig Erbarmen mit mir hast.«

Er setzte sich auf, ohne etwas zu sagen.

»Du denkst doch nur ans Töten, das mit der Flucht hast du nie ernst gemeint. Du wirst immer töten. Denkst du denn wirklich, daß du die ganze Regierung mit ihren Truppen, die die Straßen bevölkern, besiegen kannst?«

»Setz dich doch erst mal und laß uns in Ruhe sprechen.«

»Woher soll ich jetzt die Ruhe nehmen? Worüber sollten wir überhaupt noch sprechen? Es ist alles aus, du kannst mich nur noch aus Mitleid töten.«

»Dir soll nie Böses geschehen!«

»Kein einziges Wort glaube ich dir. Warum hast du denn den Diener getötet?«

»Ich wollte ihm doch gar nichts tun!« schrie er sie an.

»Und wer ist Raouf Alwan? Was habt ihr miteinander zu tun? Hatte er ein Verhältnis mit deiner Frau?«

Er lachte trocken, als wäre ihm etwas im Hals steckengeblieben: »Ein lächerlicher Gedanke! Nein, da gibt es anderes. Auch er ist ein Verräter, aber von anderer Art. Ich kann dir das jetzt nicht erklären.«

»Aber du kannst mich bis auf den Tod quälen«, sagte sie zornig.

»Ich habe doch gesagt, daß du dich hersetzen und in Ruhe mit mir reden sollst.«

»Du liebst deine Frau immer noch, diese Verräterin. Aber mich quälst du!«

»Nur«, sagte er schmerzlich bekümmert, »setze mir nicht auch noch zu, ich habe doch schon genug Sorgen.«

Sie schwieg betroffen. So unglücklich hatte sie ihn noch nie gesehen. Nach einer Weile meinte sie traurig: »Ich habe das Gefühl, daß das Liebste in meinem Leben umkommen wird.«

»Ach, das ist nur Einbildung und Angst. Ein Abenteurer wie ich überwindet alle Widrigkeiten. Ich werde dich noch mal daran erinnern.«

»Wann?«

»Früher, als du denkst«, antwortete er betont zuversichtlich. Er beugte sich zu ihr hinüber, zog sie zu sich heran, so daß seine Stirn an ihrer lag. Der Geruch von Wein und Schweiß störte ihn nicht, voll warmer Zuneigung küßte er sie.

16

Der Morgen dämmerte, aber Nur war noch nicht zurückgekehrt. Das Warten und lange Grübeln zermürbten ihn, Schlaflosigkeit hämmerte auf seinen Schädel ein. Plötzlich überkam ihn eine Frage, die alles andere unwichtig werden ließ: War es möglich, daß die ausgesetzte Belohnung Nur verführen könnte?

Das Mißtrauen schien ihm wirklich schon im letzten Blutstropfen zu stecken. Aber Verrat war überall, machte sich breit wie die Staubwolken in den Tagen des heißen Chamasin-Windes. Damals war er doch auch felsenfest davon überzeugt gewesen, daß Nabawija nur ihm gehörte. Aber vielleicht hatte sie ihn nie richtig geliebt, selbst nicht zur Zeit der einsamen Palme am Rand des Feldes. Nur war anders, sie würde ihn nicht verraten und schon gar nicht wegen einer Prämie der Polizei ausliefern. Sie hatte genug Kummer gehabt, war älter und reifer und hatte Sehnsucht nach aufrichtiger, menschlicher Zuneigung. Er sollte sich schämen, daß er ihr so etwas überhaupt zutraute …

Aber wann kam sie denn endlich?

Du bist des Hungerns, Durstens und Wartens überdrüssig. Es ist wie damals, als du an der Palme gestanden und gewartet hast. Nabawija kam und kam nicht. Du bist um das Haus der alten Türkin geschlichen und hast vor Nervosität an den Fingernägeln geknabbert. Verzweifelt, wie du warst, hättest du fast an die Tür geklopft. Was für ein Freudentaumel hat dich dann aber ergriffen, als du von weitem ihre Gestalt wahrnahmst. Ein durchdringender, allumfassender, bewegender Rausch hatte dich erfaßt, voll von Lachen und Weinen, Hingerissensein, Vertrauen und unbändiger Freude ... Vergiß die Zeit der Palme, sie ist vorbei, dazwischen liegen Schüsse, Blut, Wahnsinn. Sieh dir doch an, wozu dich die Bitternis des Wartens in dieser mörderischen Finsternis bringt. Es scheint, daß Nur nicht mehr die Absicht hat, zurückzukehren, um dich endlich von den Qualen der Einsamkeit, der Dunkelheit, des Hungers und Dursts zu erretten ...

Trotz aller Verzweiflung schlief er ein.

Als er die Augen aufschlug, drang helles Tageslicht durch die Gardine; Gluthitze machte die Luft in dem geschlossenen Raum unerträglich. Verwirrt sprang er auf und ging ins Schlafzimmer. Alles sah genau noch so aus, wie Nur es verlassen hatte. Er ging durch die Wohnung. Nur war nicht gekommen.

Wo hatte sie übernachtet? Warum war sie nicht zurückgekehrt? Sollte er in dieser Einzelhaft umkommen?

Noch stärker als die Unruhe war der Hunger. Er ging in die Küche. In Zeitungspapier gewickelt lagen ein Stückchen Brot, einige Knochen und Petersilie. Mit Heißhunger machte er sich darüber her, benagte die Knochen wie ein Hund. Sein einziger Gedanke, der ihn nicht mehr verließ, war Nur. Er überlegte, was sie daran gehindert haben könnte, zurückzukehren, und hoffte gleichzeitig, daß sie doch noch kommen würde.

Den ganzen Tag über blieb diese Unruhe. Mal setzte er sich, mal ging er herum. Seine einzige Unterhaltung bestand wieder einmal darin, hinter der Gardine zu stehen und auf den Friedhof zu starren. Er beobachtete die Begräbnisse und zählte die Gräber.

Der Abend kam, aber nicht Nur. Das mußte doch einen Grund haben, wo blieb sie bloß? Unruhe, Hunger und Sorge setzten ihm zu. Kein Zweifel, Nur mußte in der Klemme stecken. Aber irgendwie mußte sie da doch auch wieder herauskommen und zurückkehren – wie sollte er sonst weiterleben?

Nach Mitternacht schlich er leise aus dem Haus. Er durchschritt das unbebaute Gelände in Richtung Kaffeehaus.

An der gewohnten Stelle pfiff er dreimal und wartete.

Als der Meister kam, schüttelte er ihm die Hand. »Du mußt mächtig aufpassen. Jeder Fußbreit wird von Schnüfflern beobachtet.«

»Ich muß was essen.«

»Was, hungrig bist du?«

»Ja, wundere dich über nichts mehr, Meister.«

»Ich schicke dir den Jungen, er soll dir Kebab bringen. Aber es ist wirklich gefährlich, dich draußen zu zeigen.«

»Wir haben schon Schlimmeres überstanden, du und ich.«

»Keineswegs, nach dem letzten Überfall haben sie deinetwegen die Welt auf den Kopf gestellt.«

»So steht sie schon, solange sie existiert.«

»Aber es ist schon übel, wenn man über einen solchen Pfundskerl wie dich herfällt!«

Er verabschiedete sich und ging. Nach einer Stunde wurde ihm das Essen gebracht. Gierig schlang er es in sich hinein. Er setzte sich in den Sand; der Mond, sein alter Gefährte, hatte sich fast vollendet. Von weitem leuchteten die Lichter des Kaffeehauses herüber und verlockten ihn dazu, sich die abendliche Gesellschaft trinkend und schwatzend vorzustellen.

Er liebte es überhaupt nicht, allein zu sein. Unter Menschen kam er sich großartig vor, wie ein Riese; er war beliebt, hatte Autorität und galt als tapfer. Wenn man ihm all das für immer nähme, könnte er dem Leben nichts mehr abgewinnen.

Ob Nur schon zurückgekehrt war? Ob sie überhaupt jemals wiederkommen würde? Würde er sie wiedersehen oder bliebe er nun allein in dieser tödlichen Einsamkeit?

Er stand auf, klopfte sich den Staub von der Hose und ging auf den Wald zu, um auf dem Weg, der südlich am Märtyrer-Friedhof entlangführte, zurückzukehren. Genau an der Stelle aber, an der er Bajaza aufgelauert hatte, sprangen plötzlich zwei Gestalten auf ihn zu und umstellten ihn von zwei Seiten. Einer der beiden rief: »Halt!«

Selbst dieses kurze Wort verriet seine ländliche

Herkunft, obwohl sich der Mann um eine städtische Aussprache bemühte.

Der andere schrie: »Zeigen Sie Ihren Personalausweis!«

Als der erste voll den Lichtstrahl einer Taschenlampe auf ihn richtete, senkte Said schnell den Kopf, als wollte er die Augen schützen. Im gleichen Moment aber fuhr er die beiden unerwartet an: »Wer seid ihr? Redet!«

Die beiden waren verwirrt, der herrische Ton verfehlte seine Wirkung nicht.

Als sie im Lichtkegel die Uniform erkannten, sagte der erste: »Verzeihen Sie, Herr Offizier. Wir konnten im Dunkeln nicht gleich erkennen, wer Sie sind.«

Er wiederholte noch wütender: »Wer seid ihr?«

Die hastige Antwort klang unterwürfig: »Wir sind von der Bezirkstruppe, Effendi.«

Obwohl die Taschenlampe gleich wieder erloschen war, hatte er doch im Gesicht des einen eine Spur von Argwohn erkannt. Als er merkte, daß dieser ihn prüfend anschaute, als wollte er ihn bis ins Innerste ergründen, war ihm, als entglitte der Boden unter seinen Füßen. Zu allem entschlossen und ohne sich lange zu besinnen, holte er aus und stieß mit beiden Fäusten zu. Die Männer taumelten. Noch bevor sie sich zur Wehr setzen konnten, zielte er mit den Fäusten auf die schwachen Stellen wie Kinn und Magen. Beide sanken in sich zusammen.

So schnell er konnte, rannte er davon. An der

Ecke der Nadjm ad-Din-Straße blieb er stehen und wartete, ob ihm jemand gefolgt war.

Die Wohnung war noch so, wie er sie verlassen hatte. Trostlosigkeit, angstvolle Sorge, Unruhe erwarteten ihn. Er zog das Jackett aus und warf es aufs Sofa. Niedergeschlagen fragte er: »Wo bist du, Nur?«

Irgend etwas mußte ihr zugestoßen sein. Hatte die Polizei sie verhaftet? Vielleicht war sie auch von irgendwelchen Schurken überfallen worden? Etwas Schlimmes mußte geschehen sein, davon war er überzeugt. Er würde Nur nie wiedersehen.

Verzweiflung schnürte ihm die Kehle zu, die übergroße Traurigkeit steigerte seinen Haß. Was ihm so naheging, war nicht so sehr die Sorge, daß er nun seinen sicheren Zufluchtsort verlassen mußte, sondern der Verlust von Herzlichkeit, Mitgefühl und Freundlichkeit. Als er an ihr Lächeln, ihre Späße, ihre Liebe und ihre Sorge um ihn dachte, preßte es ihm das Herz zusammen. Erst jetzt merkte er, daß sie doch viel stärker von ihm Besitz ergriffen hatte, als er je gedacht hätte, daß sie ein untrennbarer Teil von ihm geworden war, der zu seinem unsteten, über dem Abgrund schwebenden Leben gehörte.

Er schloß die Augen und gestand sich schweigend, daß er sie liebte, daß er nicht zögern würde, sich selbst zu opfern, damit sie nur heil wiederkäme. Aber gleich darauf stieg der Groll wieder in ihm auf. Wer würde sich schon darum kümmern, wenn es ihr schlecht ginge? Würde denn auch nur ein Härchen erzittern, wenn ihr etwas zustieße? Nichts, aber auch gar nichts würde geschehen, niemand würde sie bedauern, niemand sie loben. Eine Frau wie sie, schutzlos, schwamm doch immer in einem Meer von Gleichgültigkeit, ja Feindseligkeit.

So wird es vielleicht auch einmal Sina ergehen, eines Tages wird sie allein dastehen, ohne jemanden zu haben, der sich um sie kümmert.

Angst und Zorn erfüllten sein Herz. Er zog den Revolver und zielte im Dunkeln, als wollte er alles, was ihm noch unbekannt war, aber auf ihn zukam, warnen. Die Dunkelheit und das Schweigen weckten Wahnvorstellungen in ihm. Er stöhnte vor Verzweiflung. Doch schließlich trug ihn der Schlaf ans Ende der Welt.

Als er die Augen öffnete, war es schon wieder heller Tag. Schlagartig wurde ihm bewußt, daß er von einem Klopfen wachgeworden sein mußte. Beunruhigt stand er auf und schlich auf Zehenspitzen zur Wohnungstür. Es klopfte abermals. Dann rief eine Frau: »Frau Nur, hallo! Frau Nur!«

Wer war die Frau, was wollte sie? Er ging vorsichtig ins Zimmer zurück und nahm seinen Revolver. Da hörte er eine Männerstimme.

»Vielleicht ist sie weggegangen.«

»Nein«, antwortete die Frau, »um diese Zeit ist sie immer da. Sonst hatte sie ja auch immer pünktlich die Miete bezahlt.«

Also mußte es die Hausbesitzerin sein. Das Klopfen wurde noch energischer.

»Heute ist schon der Fünfte, länger werde ich nicht warten«, sagte die Frau ärgerlich. Im Fortgehen schimpfte sie wütend weiter.

Said hatte das Gefühl, daß die unglücklichen Zufälle ihn noch schlimmer verfolgten als die Polizei. Die Frau würde nicht länger warten, würde auf diese oder jene Weise die Wohnung öffnen lassen. Bei der ersten Gelegenheit zu verschwinden, das war das einzige, was er machen konnte.

Wo war der Ausweg?

17

Am Nachmittag hatte die Hausbesitzerin erneut geklopft, und abends, als sie es ein drittes Mal tat, schimpfte sie laut vor sich hin. »Nein, Frau Nur, so geht es nicht. Alles hat einmal ein Ende.«

Um Mitternacht schlich er aus dem Haus. Obwohl er nun endgültig all sein Vertrauen verloren hatte, wirkten seine Schritte ganz natürlich und gemächlich, so als sei er ein nächtlicher Spaziergänger. Mehr als einmal kam es ihm vor, als wären die Vorübergehenden und Herumstehenden Schnüffler, so daß er sich ständig darauf einstellte, daß nun der letzte, verzweifelte Kampf beginnen würde.

Ganz sicher würde die Polizei nach dem gestrigen Vorfall das ganze Gebiet um Tarzans Kaffeehaus überwachen. Er ging in Richtung Bergstraße. Hunger zerriß ihm den Magen. Er überlegte, ob es nicht das günstigste wäre, erst einmal bei Scheich Ali al-Djunaidi unterzutauchen. Dort hätte er eine ruhige Unterkunft, wo er nachdenken und weiterplanen könnte. Vorsichtig betrat er den Hof des Hauses, das in Schweigen gehüllt war. Erst jetzt fiel ihm ein, daß er die Offiziersuniform in Nurs Wohnung vergessen hatte. Es ärgerte ihn, aber nun war es zu spät.

Er betrat das Zimmer. Der Scheich hockte im Lampenschein mit gekreuzten Beinen in der Gebetsecke, in flüsternde Zwiesprache vertieft. Erschöpft setzte sich Said an die Wandseite, an der er seine Bücher liegengelassen hatte. Der Scheich ließ sich nicht stören, er murmelte weiter vor sich hin.

»Guten Abend, mein Gebieter«, sagte Said. Aber der Scheich legte nur grüßend die Hand an den Kopf, ohne sich unterbrechen zu lassen.

»Mein Gebieter, ich bin hungrig.«

Es schien, als hätte er es nun geschafft, die Aufmerksamkeit des Alten zu erregen. War auch sein Blick merkwürdig abwesend, so sah er ihn doch an. Mit seinem Bart wies er auf den Tisch, auf dem Feigen und Brot lagen. Ohne lange zu zaudern, stand Said auf und machte sich heißhungrig darüber her, bis alles verschwunden war. Er blieb stehen und sah zum Scheich hinüber. Seine Augen ließen erkennen, daß sein Hunger keineswegs gestillt war.

»Hast du kein Geld?« fragte ihn der Scheich.

»Doch.«

»Dann geh und kaufe dir noch etwas zu essen.«

Schweigend ging er zurück an seinen Platz.

Der Scheich betrachtete ihn lange und eingehend. Dann fragte er ihn: »Wann wirst du endlich zur Ruhe kommen?«

»Auf dieser Erde nicht mehr.«

»Deshalb bist du also hungrig, obwohl du Geld hast.«

»Vielleicht.«

»Ich habe immer ein fröhliches Herz, selbst wenn ich Verse über die Nöte und Sorgen spreche.«

»Sie sind ein glücklicher alter Mann.« Er wurde wütend. »Wie soll ich denn zur Ruhe kommen, wenn die Schurken entkommen sind?«

»Wie viele waren es?«

»Drei.«

»Selig die Welt, die nur drei Schurken hat.«

»Natürlich gibt es mehr, aber drei von ihnen sind meine Widersacher.«

»Aber dann ist doch keiner entkommen, es sind doch noch die vielen anderen da.«

»Ich bin nicht für die ganze Welt verantwortlich.«

»Auch du bist für das Diesseits und das Jenseits verantwortlich.«

Said atmete heftig, seine Geduld ging zu Ende.

»Geduld ist etwas Heiliges und gut für alles«, fuhr der Scheich fort.

Said aber sagte bedrückt: »Die wirklichen Verbrecher retten sich, nur die Unschuldigen gehen unter.«

Der Scheich seufzte schwer, bevor er nachdenklich fragte: »Wann wird denn jemals, unter einer weltlichen Macht, Ruhe in die Herzen einkehren?«

»Wenn die Macht gerecht ist«, antwortete Said.

»Sie ist niemals gerecht.«

»Diese Schurken sind tatsächlich entkommen«, stieß Said zornig hervor. »Leider!«

Der Scheich lächelte nur. Eine Weile herrschte Schweigen.

Als Said wieder zu sprechen anhob, verriet seine Stimme, daß er auf ein anderes Thema hinaus wollte. »Ich werde ein wenig schlafen. Aber ich werde mein Gesicht zur Wand drehen, denn ich will nicht, daß mich einer von Ihren Besuchern sieht. Ich habe mich zu Ihnen geflüchtet, also beschützen Sie mich.«

»Nur bei Gott findet man eine sichere Herberge.«

Besorgt fragte Said: »Wollen Sie mich loswerden?«

»Allah bewahre uns!«

Verzweifelt bohrte Said weiter. »Wäre es Ihnen nicht möglich, mich dank Ihrer Huld zu retten?«

»Du kannst dich schon selbst retten, wenn du es willst.«

»Ich werde alle töten«, flüsterte Said leise vor sich hin, und mit lauter Stimme fragte er: »Wäre es Ihnen nicht möglich, den Schutz des Schattens über eine krumme Sache zu legen?«

»Ich kümmere mich nicht um Schatten.«

Wieder herrschte Schweigen. Draußen, hinter dem kleinen Fenster, floß langsam das Leben dahin. Mondschein drang ins Zimmer. Flüsternd rezitierte der Scheich: »Nichts als deine Versuchung ...«

Der Scheich weiß immer, was zu sagen ist, dachte Said. Aber dein Haus, mein Gebieter, ist nicht sicher genug, und wärst du der Frieden, die Sicherheit selbst. Ich muß weg von hier, koste es, was es wolle. Dich, Nur, hat der Zufall davor bewahrt, daß ich nun bei dir Gerechtigkeit und Barmherzigkeit suche.

Wie konntest du denn bloß die Uniform vergessen? Dabei hattest du sie zusammengeschnürt, um sie mitzunehmen. Im letzten Moment aber hast du dann einfach nicht daran gedacht. Nun muß ich auf alle Vorteile verzichten, die sie mir brachte. Über Schlaflosigkeit, Einsamkeit, Dunkelheit und Unruhe hat sie mir hinweggeholfen. Wenn die sie finden, haben sie den Anfang des Fadens in der Hand, der zu dir führt. Die Hunde werden daran schnüffeln und sich nach allen vier Himmelsrichtungen auf die Suche begeben, auf daß sich die Tragödie vollende, die so vergnüglich für die Zeitungsleser war.

Mitten in seine Gedanken sagte der Scheich: »Ich hatte dich immer gebeten, dein Gesicht dem Himmel zuzuwenden. Aber nun kommst du und erklärst, daß du es an der Wand verbergen willst.«

»Aber erinnern Sie sich denn nicht mehr daran, was ich Ihnen über die Schurken erzählt habe?« fragte Said vorwurfsvoll.

Der Scheich wurde fast pathetisch: »Erinnere du dich lieber an den Herrn, falls du ihn vergessen hast.«

Als Said den Blick senkte, wirkte es, als wäre er beschämt. Im gleichen Augenblick aber fragte er sich wieder, wie er nur die Uniform hatte vergessen können. Schwermut überkam ihn.

Der Scheich indessen begann laut zu reden, als wandte er sich an einen dritten im Raum: »Es wurde gefragt: Hast du gesehen, ob es einen Heilspruch gibt, mit dem wir Leiden lindern, und ob es Heilmittel gibt, mit denen wir heilen, wenn das alles nicht auf Allahs Beschluß zurückzuführen ist? Und er antwortete: Es geschieht alles nach Allahs Vorherbestimmung.«

»Was meinen Sie damit?«

Der Scheich stöhnte traurig. »Deinem Vater waren meine Worte niemals unverständlich.«

»Es tut mir leid«, entgegnete Said scharf, »daß ich bei Ihnen nicht genug zu essen bekam, ebenso wie es mir leid tut, daß ich die Uniform vergessen habe. Nun muß sich also auch noch mein Kopf dafür entschuldigen, daß er Sie nicht versteht. Trotzdem werde ich mein Gesicht der Wand zudrehen. Ich weiß genau, daß ich recht habe.«

Der Scheich lächelte voller Bedauern. »Seine Ehrwürden sprach: Wahrlich, jeden Tag schaue ich mehrmals in den Spiegel und fürchte, daß mein Anblick noch schwärzer sein könnte.«

»Wer?«

»Seine Ehrwürden, unser Lehrer.«

Spöttisch lachte er auf. »Wie sehen sich dann erst diese Schufte jede Stunde im Spiegel?«

Der Scheich senkte nur den Kopf und rezitierte wieder: »Nichts als deine Versuchung ...«

Said schloß die Augen. Ich bin so müde, dachte er, aber Ruhe werde ich erst dann finden, wenn ich die Uniform wiederhabe ...

18

Trotz allen Kummers, trotz des festen Vorsatzes, sofort die Uniform zu holen, war er eingeschlafen. Kurz vor Mittag wachte er auf, nun mußte er die Nacht abwarten. Er beschäftigte sich damit, seine Flucht zu überdenken. Zuerst einmal müßte er wahrscheinlich eine Ewigkeit lang warten, bis die Polizei aus dem Umkreis von Tarzans Kaffeehaus abzöge, denn der war der wichtigste Mann seines Plans.

Nach Mitternacht machte er sich zur Nadjm ad-Din-Straße auf. Als er nicht mehr weit von Nurs Haus war, sah er Licht in der Wohnung. Ungläubig starrte er zum Fenster hinauf, bis er endgültig von dem überzeugt war, was er sah. Sein Herz klopfte laut und lauter, bis seine Ohren ganz taub wurden. Wilde Freude überkam ihn, die ihm aus der Welt der Alpträume hinfortriß.

Nur in der Wohnung – wo war sie so lange gewesen? Gleich würde er alles erfahren, jetzt war sie ja zurückgekehrt. Nun war sie es, die sich verzweifelt fragte, wo er war … Jetzt erlitt sie die Flammen der Höllenglut, die zuvor ihn verbrannt hatten. Sein Herz hatte ihm immer gesagt, daß sie zurückkehren würde, noch nie hatte es ihn belogen. Nun würde das Herumstreunen für lange Zeit, vielleicht für immer, ein Ende haben. Er würde sie ganz fest in die Arme nehmen und ihr aus der Tiefe seines gepeinigten Herzens seine immerwährende Liebe gestehen.

Berauscht von all dem Glück und der Gewißheit der sicheren Rettung, betrat er vorsichtig das Haus und stieg die Treppe hinauf, Stufe um Stufe, daran denkend, daß sich ihm nun nichts mehr in den Weg stellen würde. Als er an der Wohnungstür stand, atmete er schwer und heftig. Ich liebe dich, Nur, mit meinem ganzen Herzen bin ich dein. Hundertmal werde ich dir an Liebe zurückgeben, was du mir gegeben hast. Bei dir werde ich vergessen können, was ich verloren habe, den Verrat dieser Schurken und das Entsetzen meiner Tochter.

Er klopfte an die Tür. Gleich darauf wurde sie geöffnet. Ein Mann stand vor ihm, klein und dick, in Unterhosen. Said blieb wie angewurzelt stehen; er glich einem Häufchen Asche, das vom Blitzschlag übriggeblieben war. Der Mann sah ihn verwirrt an und fragte: »Wer sind Sie, mein Herr?«

Die Frage war noch nicht verhallt, als Said aus den Zügen Verdacht und Erschrecken ablas. Er war sicher, daß der Mann ihn erkannt hatte. Ohne zu zögern, hielt er ihm mit der linken Hand den Mund zu und schlug mit der anderen zu. Der Mann taumelte, Said fing ihn auf und legte ihn vorsichtig, jeden Lärm verhindernd, auf die Schwelle. Er überlegte, ob er in die Wohnung stürzen sollte, um die Uniform zu suchen, war sich aber nicht sicher, ob niemand sonst da wäre. Genau in diesem Moment rief eine Frau: »Wer hat denn da geklopft?«

Er rannte zur Treppe und sprang hinunter. Unten angekommen, lief er durch die Fabrikstraße in Richtung Bergstraße. Der Schreck steckte ihm noch in allen Gliedern, er wurde das Gefühl nicht los, daß man ihn verfolgte. Bewegte sich da nicht etwas? Er kauerte sich dicht an eine Mauer. Erst als er ganz sicher war, daß niemand hinter ihm her war, schlich er vorsichtig weiter.

Kurz vor Morgengrauen betrat er leise das Haus des Scheichs Ali al-Djunaidi. Der Alte wartete in der Gebetsecke auf den Gebetsruf. Said zog seinen Anzug aus und streckte sich auf der Matte aus, das Gesicht der Wand zugedreht. Trotz aller Verzweiflung hoffte er, einschlafen zu können.

»Schlaf ein«, sagte der Scheich, »für einen wie dich ist der Schlaf fast schon Gottesdienst.«

Er antwortete nicht. Leise sagte der Scheich »Allah!«. Said wartete, daß der Gebetsruf ertönte und der Milchverkäufer sich mit lauter Stimme ankündigte.

Daß er geschlafen hatte, bemerkte er erst, als er aus einem Alptraum erwachte.

Er öffnete die Augen und sah mattes Licht, das wie Nebel im Raum hing. Also hatte er nicht länger als eine Stunde geschlafen. Er dreht sich zur Matte des Scheichs um, sie war leer. Dicht neben seinem Bücherstapel sah er gebratenes Fleisch, Feigen und ein wenig Wasser. Danke, mein Gebieter, wann hast du das alles hingestellt? Er hörte draußen Stimmen und wunderte sich. Auf allen vieren schlich er zur angelehnten Tür und lugte durch den Spalt. Erstaunt sah er, daß die Betfreunde Matten auslegten. Einer der Diener zündete die Gaslampe über der Außentür an. Dann brach also gerade die Nacht herein, und er hatte gar nicht schlaflos dagelegen, wie vermutet. Er hatte den ganzen Tag, ohne es zu wissen, geschlafen. Das war wirklich eine lange, tiefe Ruhepause gewesen. Jetzt würde er aber über nichts nachdenken, sondern essen. Er schlang alles hinunter und trank das Wasser. Dann zog er sich an, lehnte sich mit dem Rücken gegen den Bücherstapel und streckte die Beine weit von sich.

Alles stürmte wieder auf ihn ein, die vergessene Uniform, der Mann, der ihm die Wohnungstür geöffnet hatte, Sina, Nur, Raouf, Nabawija, Alisch, die Spitzel, Tarzan und das Auto, das er brauchte, um die Polizeisperre zu durchbrechen. Wie vom Sturm aufgescheucht, wirbelten die Gedanken in seinem Kopf.

Dir nützt jetzt keine Geduld und kein Zögern. Koste es, was es wolle, du mußt noch heute mit Tarzan in Verbindung treten, und solltest du zu ihm über den Sand kriechen! Morgen wird die Polizei Stein um Stein umwälzen, die Schurken werden sich mit Donnergetöse wichtig tun.

Draußen klatschte jemand in die Hände, die Männerstimmen verstummten. Schweigen trat ein. Scheich Ali al-Djunaidi rief dreimal »Allah«, und die anderen wiederholten den Ruf. Der Tonfall brachte ihm die tanzenden Bewegungen der Gebetsrituale in Erinnerung. »Allah ... Allah ... Allah ...« Der Rhythmus wurde schneller, die

Stimmen schwollen an. Je dichter die Rufe aufeinanderfolgten, desto abgehackter wurden sie, wie Geräusche eines Zuges in voller Fahrt. So ging es eine ganze Weile weiter, bis die Stimmen allmählich schwächer wurden, der Rhythmus sich verlangsamte, taumelte und schließlich im Schweigen versank. Da erhob sich eine weiche Stimme in getragenem Singsang.

»O Jammer, die Zeit ging dahin, und Ihr, mit denen ich so gerne zusammentraf, habt mich nicht aufgerüttelt.

Wann endlich wird Ruhe für den zu erhoffen sein,

der im Leben nur zwei Tage kannte, den der Feindseligkeit

und den des Alleinseins.«

Von allen Seiten Seufzer. Eine andere Stimme begann zu rezitieren: »Wie stark ist das Verlangen, in Liebe ergeben zu sein.

Die ganze Sehnsucht liegt noch vor mir, das Urteil schon hinter mir.«

Wiederum wurde die Nacht von Stöhnen durchbrochen. Der Gesang ging weiter bis Händeklatschen zu einer neuen Gebetsrunde aufforderte und der Name Allahs ununterbrochen wiederholt wurde. Gebannt hörte er zu, die Nacht floß dahin.

Erinnerungen ballten sich in ihm wie Wolken zu Bergen. Der Vater, Amm Muhran, der sich im Kreis der Betenden wiegte. Der Junge, der dabei saß und mit weit aufgerissenen Augen das Schauspiel beobachtete. Aus der Dunkelheit brachen Visionen von der Unsterblichkeit im Schutz des Erlösers hervor. Schauer glückbringender Hoffnungen deckten alles mit dem Staub des Vergessens zu. Wie schön das alles gewesen war, das heiße Geflüster unter der Palme an der Landstraße, freudvoll wie die Stunde der Morgendämmerung. Die kleine Sina, die in seinen Armen in ihrer Phantasiesprache plapperte. Dann aber waren aus dem tiefsten Höllengrund die sengenden Flammen hervorgebrochen, und ein Schicksalsschlag war dem anderen gefolgt.

Noch immer erscholl die Stimme des Sängers, vom Stöhnen und Seufzen der Betenden begleitet. Die Verse gingen Said nicht aus dem Kopf: Hoffnung auf Ruhe, verlorene Zeit, der er nicht entfliehen konnte, das Urteil war schon gesprochen. Aber da war noch der Revolver, kraftvoll und lebendig. Das allein hatte noch Bedeutung, denn nur so ließen sich Fäulnis und Verrat besiegen. Zum erstenmal würde der Dieb die Hunde angreifen. Plötzlich drang das Geschrei eines Mannes von draußen herein. Andere Stimmen fielen ein. »Habt ihr gehört? Das ganze Viertel ist umzingelt!«

»Es ist doch kein Krieg!«

»Said Muhran ...!«

Der Schreck fuhr ihm in die Glieder, jeder Muskel spannte sich. Die Hand umklammerte den Revolver, bereit zu schießen.

Er sah sich um, hier waren zu viele Leute, mit Sicherheit würde die Polizei hierherkommen.

Du darfst dich nicht überrumpeln lassen.

Jetzt waren sie vielleicht gerade in Nurs Wohnung und untersuchten die Uniform. Dort die Hunde, er hier – nackt und den Blicken ausgesetzt. Wenn der Wüstenweg vermint sein sollte, dann müßtest du bei jedem Schritt damit rechnen, ins Tal des Todes zu stürzen.

Ich werde kämpfen bis zum letzten Atemzug ...

Entschlossen stand er auf und ging zur Tür. Der Flur war leer, noch waren alle ins Gebet vertieft. Er eilte durch den Flur, kam auf die Straße. Als er den Weg, der zum Friedhof führte, hinunterging, bemühte er sich krampfhaft, ruhig und nicht zu schnell zu laufen.

Es war tiefste Nacht, und da der Mond nicht schien, stand ihm die Finsternis wie eine schwarze Wand entgegen. Wie in einem Labyrinth der Unvergänglichkeit, das zum Nichts führt, tauchte er zwischen den Gräbern unter. Er tappte herum, ohne zu wissen, ob er vorwärtskam oder an der gleichen Stelle blieb.

Obwohl da nicht mehr der geringste Hoffnungsschimmer war, fühlte er sich doch von ungeahnter Lebenskraft durchströmt. Ein warmer Windhauch trug den Lärm von Stimmen zu ihm. Jetzt in einem der Gräber liegen, einfach verschwinden, dachte er, ging aber trotzdem weiter.

Er hatte Angst vor den Hunden, und da er nicht wußte, wie er sie überlisten konnte, wagte er nicht stehenzubleiben. Nach einigen Minuten hatte er die letzte Gräberreihe erreicht. Trotz der Dunkelheit erkannte er, daß ihm die Gegend bekannt war. Es war der nördliche Eingang des Friedhofs, der an der Nadjm ad-Din-Straße lag.

Dann war das also die Straße mit dem einzelnen Haus, dann war das also die Wohnung von Nur und das ihr Fenster, das offenstand und aus dem Lichtschein hervordrang ... Als er genauer hinschaute, sah er am Fenster die Umrisse einer Frau. Er konnte sogar ein Gesicht erkennen, es hatte nichts Besonderes, erinnerte ihn aber ein wenig an Nur. Sein Herz klopfte stärker. Ob sie doch zurückgekommen war? Oder trogen ihn seine Augen genauso, wie ihn gestern sein Herz getrogen hatte? Er war zum Spielzeug des Verrats geworden, die Nerven gingen mit ihm durch, das waren Anzeichen des bevorstehenden Endes. Wenn das wirklich Nur war, so hatte er nur noch den einen Wunsch: daß sie sich um Sina kümmern sollte, wenn das Urteil über ihn verhängt worden war.

Er entschloß sich, sie zu rufen, auch wenn das gefährlich war. Aber bevor er noch einen Ton herausbrachte, hört er von weitem Hundegebell. Dann fielen Schüsse. Entsetzt wich er zurück und zog sich tiefer zwischen die Gräber zurück.

Das Gebell wurde stärker. Er kauerte sich mit dem Rücken an eines der Gräber, zog den Revolver und starrte in die Dunkelheit, davon überzeugt, daß nun der Zeitpunkt gekommen wäre. Die Hunde waren da, alle Hoffnungen begraben, die Schurken gerettet, und wäre es nur für kurze

Zeit. Das Leben sprach die letzten Worte – alles war sinnlos gewesen.

Es war unmöglich festzustellen, woher das Kläffen kam, der Wind trug es in alle Richtungen. Wohin in der Dunkelheit fliehen? Es wäre ein Wettlauf mit der Finsternis. Die Schurken sind gerettet, dein ganzes Leben war sinnlos …

Der Lärm kam näher. Nicht lange, und du wirst den ganzen Haß, die volle Rache zu spüren bekommen.

Grelles, blendendes Licht überflutete plötzlich den Umkreis. Er schloß die Augen und warf sich auf den Boden.

Jemand rief triumphierend: »Ergib dich! Widerstand ist zwecklos!«

Die Erde zitterte vom Gestampf schwerer Stiefel. Licht breitete sich aus wie an einem hellen Sonnentag.

»Ergib dich, Said!«

Er drückte sich noch näher an das Grab, bereit zu schießen. Seine Augen spähten nach allen Seiten.

»Ergib dich, und ich verspreche dir, daß du menschlich behandelt wirst!« Die Stimme klang ernst, fast feierlich. Mit »Menschlichkeit«, von der Art Raoufs, Nabawijas, Alischs, von der Art aller Hunde!

»Du bist eingeschlossen, der Friedhof ist umstellt. Überlege es dir und ergib dich freiwillig!«

Er hoffte, daß er nicht gesehen werden konnte, da die Gräber so verstreut lagen. Also blieb er still liegen, bewegte sich nicht und sah entschlossen dem Tod entgegen.

»Siehst du denn nicht, daß jeder Widerstand zwecklos ist?«

Ihm schien, als käme die Stimme ganz aus der Nähe.

Voller Haß schrie er: »Wehe dem, der näher kommt!«

»Was hast du vor? Noch kannst du wählen, entweder stirbst du hier oder du übergibst dich der Gerechtigkeit.«

Verächtlich rief er: »Gerechtigkeit?«

»Du bist hartnäckig. Wir geben dir noch eine Minute!«

Seine angsterfüllten Augen sahen in der Finsternis die Gestalt des Todes. Sinas Erschrecken war ohne Hoffnung geblieben. Aufgewühlt vor Verzweiflung, ließ er seinem Zorn freien Lauf und schoß. Um ihn herum ging ein Hagel von Kugeln nieder, das Pfeifen zerriß ihm die Ohren. Von den Gräbern flogen Fetzen auf. Verwirrt und aufgeschreckt, schoß er erneut. Wie Regen fielen die Kugeln. Halb wahnsinnig schrie er: »Ihr Hunde!« und schoß um sich.

Da aber verlosch plötzlich all das Licht. Dunkelheit. Gleichzeitig schwiegen die Waffen. Friedhofsstille breitete sich aus.

Unwillkürlich hörte auch er zu schießen auf. Es war, als scheute er sich, die Ruhe zu stören.

Eine verwirrende Fremdheit legte sich über das All. Fragen wollten in ihm aufsteigen, verflüchtigten sich aber sogleich. Wonach und wozu sollte er noch fragen, wenn nicht mehr die geringste Hoffnung bestand. Er wollte so gern glauben, daß sie sich vielleicht zurückgezogen hätten und in die Nacht verschwunden wären. Das wäre ein Sieg gewesen! Immer dichter wurde das Dunkel, nichts war zu sehen, nicht einmal die Umrisse der Gräber. Alles widersetzte sich, erkannt zu werden; alles verschwand in endloser Tiefe. Er wollte nichts mehr, sah kein Ziel, keinen Sinn. Verzweifelt bemühte er sich, seinen Widerstandswillen aufrechtzuerhalten. Er wollte durchhalten, um wenigstens die Erinnerung daran der Welt zu hinterlassen. Doch schließlich wurde ihm auch das gleichgültig. Da war kein Ausweg mehr, keine Hoffnung.

Alles war gleichgültig.

Er ergab sich.

Nachbemerkung

Nagib Machfus ist ein Schriftsteller, dessen Werke weit über die ägyptischen Landesgrenzen hinaus vom Aufschwung arabischer Prosaliteratur in unserem Jahrhundert zeugen. Zweifelsohne zählt er heutzutage zu den bedeutendsten und bekanntesten Autoren der arabischen Welt. Er ist nicht nur auf dem dortigen Büchermarkt mit hohen Auflagen vertreten, sondern fehlt auch in keiner fremdsprachigen Ausgabe arabischer Kurzprosa. Sein künstlerisches Schaffen umfaßt Kurzgeschichten, Romane und Filmszenarien. 1911 in einem alten Stadtviertel Kairos, in Djamaliyya, geboren, veröffentlichte er ab 1938 kontinuierlich, das heißt jährlich entweder einen Roman oder einen Band Kurzgeschichten, manchmal aber auch mehrere Bücher zugleich. Neben der Fülle und Vielfältigkeit seines Werkes sind auch der Mut und das Können bewunderungswürdig, mit denen er an die literarische Bewältigung von Prosagenres herantritt, die bislang in der Literatur arabischer Länder unbekannt waren. Seine nach Kairoer Straßenzügen benannte Trilogie aus den Jahren 1956 und 1957 ist der erste Generationsroman, »Der Dieb und die Hunde« (1961) der erste literarische Kriminalroman.

Mit seinem reichen Prosaschaffen hat Machfus dazu beigetragen, die Literatur aus den arabischen Ländern international durchzusetzen. Dabei waren 1939, als der erste Roman von Machfus

(»Spiel des Schicksals«) erschien, noch nicht einmal sechsundzwanzig Jahre vergangen, seitdem der erste arabische Roman, »Sainab«, überhaupt veröffentlicht worden war. Prosaliteratur war damals in den arabischen Ländern noch neu und ungewohnt, und so hat der ägyptische Autor Muhammed Husain Haikal sein Werk noch unter Pseudonym veröffentlicht und nicht als »Roman«, sondern als »Bilder vom ländlichen Leben« bezeichnet. Erst 1821 war in Ägypten der Buchdruck eingeführt worden. Ab Mitte des 19. Jahrhunderts setzte dann ein kulturell-geistiger Aufschwung ein, der von den Intellektuellen des städtischen Bürgertums wesentlich stimuliert wurde.

Seit dieser Zeit nimmt die ägyptische Prosaliteratur unter den arabischen Literaturen einen herausragenden Platz ein. Schriftsteller der älteren Generation wie Nagib Machfus und Jussuf Idris (geb. 1927) sind zu anerkannten »Lehrmeistern« vieler junger Autoren geworden. Machfus legt auf die schöpferische Beziehung zur nachfolgenden Generation großen Wert und ist gleichzeitig ein lebendiges Beispiel dafür, daß künstlerisches Schaffen einer aktiven Lebenshaltung bedarf. Obwohl gerade er einer der wenigen ägyptischen Kunstschaffenden ist, der es sich leisten könnte, als freischaffender Autor zu leben, war er bis zu seinem sechzigsten Lebensjahr beruflich tätig. Lange Zeit arbeitete er im Kunstdepartement, leitete als Direktor die ägyptische Filmgesellschaft und war Berater des Ministers für Kultur. Diese

Lebenszugewandtheit und seine große philosophische und kunstgeschichtliche Bildung sind für junge Autoren so etwas wie ein Vorbild. Sie erfahren durch ihn und sein Werk, daß die eigene Gesellschaft ein interessanter Schauplatz menschlicher Konflikte ist und daß es einer starken, gebildeten Persönlichkeit bedarf, um diese Konflikte künstlerisch zu gestalten. Wenn man einmal beobachten durfte, wie Nagib Machfus im Straßencafé Rischa, also mitten im lebendigen, großstädtischen Treiben, mit jungen Autoren geduldig, aber sehr kritisch ihre neuen Arbeiten bespricht, dann versteht man besser, welch großen Wert Nagib Machfus auf den eigenständigen Charakter ägyptischer Literatur legt. Haben für ihn Autoren wie beispielsweise Thomas Mann und Fjodor Dostojewski auch einen großen künstlerischen Einfluß, so sind sie doch nie zu nachzuahmenden Vorbildern geworden. Vordergründige Modernitätssuche vermeidet Machfus, indem er Möglichkeiten modernen Erzählens wie innerer Monolog, Reflexionen, Nutzen von Traumebene und symbolhafter Sprache kreativ einsetzt. So läßt er denn auch dilettantisches Kopieren europäischer und anderer Literatur bei seinen »Schülern« nicht zu.

Nagib Machfus, der aus dem Bürgertum kommt, hat das Leben der Menschen aus seiner Welt zum literarischen Gegenstand gemacht. Ihnen gilt seine Sympathie, auch wenn er ihre den gesellschaftlichen Fortschritt bisweilen hindernden Lebensorientierungen mit Ironie und Sarkasmus angreift. Durch die Gestaltung ihrer Lebensschicksale erlangt er mit seinen Werken einen hohen Grad an gesellschaftlicher Bedeutung, weil gerade die klein- und mittelbürgerlichen Schichten in den letzten Jahrzehnten die politischen Entwicklungsprozesse der ägyptischen Gesellschaft bestimmten.

Mit seiner Sicht auf die heutige Wirklichkeit erreicht Machfus einen großen Leserkreis, auch außerhalb der arabischen Welt.

Berlin, im April 1985 *Doris Erpenbeck*